信仰是一盏明灯，

　　照亮我们前进的道路，

让我们的理想更能接近现实，

　　每一步都走得踏实而奋进……

广西庆祝中国共产党成立100周年主题出版项目

温暖如故

广西红色书简

刘绍卫　肖志龙　编著

Gvangjsih Minzcuz Cuzbanjse
广西民族出版社

命運使……查見周知之計

……多人、不可……演文

……而辛不免此……

[illegible]

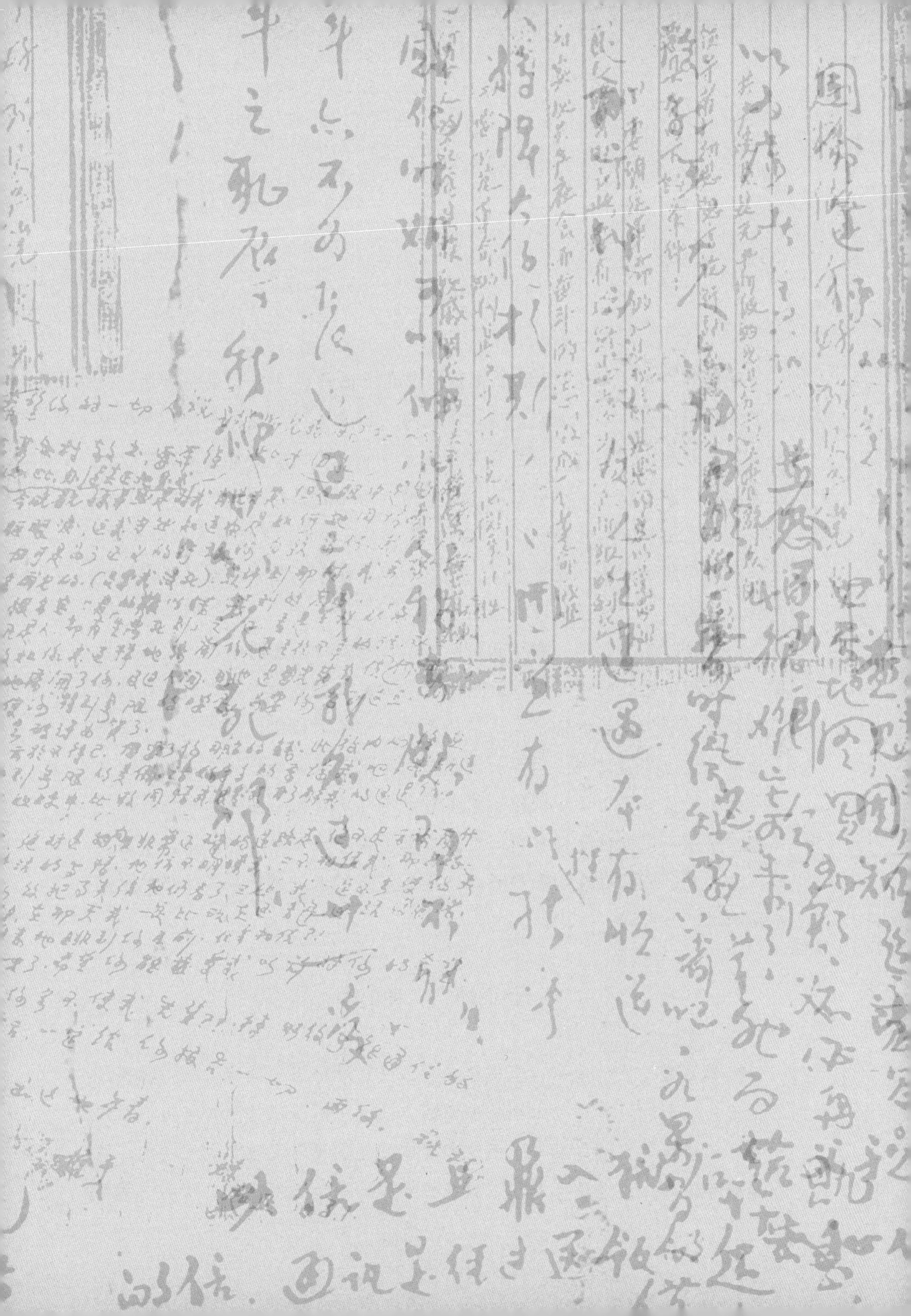

前　言

2015年2月17日，习近平总书记在春节团拜会上发表重要讲话，强调“家庭是社会的基本细胞，是人生的第一所学校”。他指出：“不论时代发生多大变化，不论生活格局发生多大变化，我们都要重视家庭建设，注重家庭、注重家教、注重家风，紧密结合培育和弘扬社会主义核心价值观，发扬光大中华民族传统家庭美德，促进家庭和睦，促进亲人相亲相爱，促进下一代健康成长，促进老年人老有所养，使千千万万个家庭成为国家发展、民族进步、社会和谐的重要基点。”

书简是传承家风的一种方式，在传承和积淀中华优秀家风的过程中发挥了独特的作用。书简是写作人内心世界的反映，与那些宏大叙事和其他文体相比，它所反映的恰恰是真实的思想和细腻的情感。共产党人和进步人士有着无比丰富的内心世界。红色书简不仅表现出共产党人对共产主义事业的坚定信仰，以及他们在面对各种复杂环境时内心的矛盾和挣扎，还体现出对家人亲友的深情厚谊。红色书简蕴藏着很多感人的故事，这些故事鲜活生动、实实在在、触手可及，是我们学习老一辈革命家品格风范的生动教材。

一封书简，一种信仰

了解革命烈士的生平可以有很多种方式：看电影、读传记……而通过阅读优秀共产党人和进步人士的书简的方式来了解他们的革命经历、革命精神和人生情怀，可以从一个新的角度感受他们追求真理、爱党爱国、诚信奉献等信念。这些信念对于培育积极健康的人生态度，树立正确的荣辱观和构建社会主义核心价值体系，都能起到潜移默化的作用，是十分重要的思想遗产。

信仰中蕴含着追求光明、改造社会的渴望。20世纪初，黄日葵这个南方学子北上求学，“弟学殖未深，孑身远游，望故人时赐□□，以竭鄙吝为祷”，追求真理之心颇为迫切。他曾在书信中写道，“到北京之后，不安分守己去念自己的功课，却欲去窥那宫墙万仞的学问，只赢得被各种学说笼罩”，以至于出现“厌世”“自杀”的“劣念”，表现出对当时社会的失望和自身寻求光明、救中国之真理的急迫，以及对国之现状的担忧，展现出忧国意识。

信仰是一盏明灯，照亮我们前进的道路，让我们的理想更能接近现实，每一步都走得踏实而奋进。信仰是一汪清泉，无时无刻不在灌溉着我们的一方心田。信仰需要付出，革命充满艰辛，人需要在实践中成长。1924年5月8日，韦拔群在给友人覃瑞五的信中写道：“去之目的必在求学。学到用时方恨少！”要想革命胜利，必须加强学习。邓拔奇在《怎样做一个好的共产党员》中说：“同志们！一致积极起来在艰苦的革命斗争中努力将自己锻炼成一个健全的共产党员，完成我们伟大的战斗任务！”

信仰是美好的，它是一颗闪烁在星空的启明星，总是提醒着我们去做更好的自己，走向更广阔的人生舞台。对于革命者而言，选择正义的革命道路，坚守革命理想，才不觉得虚度此生，才无悔于自己的执着。朱锡昂在临刑前视死如归，高呼：“共产党必然胜利，共产主义一定要实现。”贺智华在给三姐贺丽华的诀别信中写道，“绝对是向非常正确的道路走”“三姐，我一定不会使你失望，在那天我一定比现在还年青，还活活泼泼，得意地跳到你面前”。

一封书简，一份真情

当前，保护和弘扬中华优秀传统文化已成为社会的共识，但是如何汲取中华优秀传统文化的精髓为中华民族的复兴大业服务，应当说还是一项需要深入研究的课题。与那些宏大叙事和其他文体相比，书简所反映的思想更真实，情感更细腻。书简文化中的讲真话、道真情原则，对于形成真诚友爱的人际关系，对于塑造温馨和谐的家庭关系，对于加强公民思想道德建设，从而改善文风和匡正社会风气大有裨益。

革命者也是有充沛的感情的。黄日葵在《致黄玄》信中写道："我一生的长处，就是肯信仰朋友。"这说明黄日葵对友情的看重。中共党员谭留科以"贵县共产党员之一"的名义慷慨陈情，要求顽固派当局以大局为重，释放被捕的抗日人员。

革命情怀与家庭牵挂，是革命者始终解不开的情结。邓拔奇在《怎样做一个好的共产党员》中说，虽然"党的关系比任何个人的家庭、宗族、亲戚、朋友的关系更深；要有牺牲一切为党工作的精神"，但也强调"亲爱"的同志感情，从而建立"正确的亲爱的同志关系"。龙业鼐在狱中以豪迈之情写信安慰父亲："感人生遭遇，本有顺逆，天将降大任于斯人也，固宜有此挫折乎？"对自己在狱中之艰险泰然处之。革命者也蕴含着丰富的情感，有泪有奋斗。贺智华给三姐贺丽华的诀别信决绝中有柔情，"今晚看见你虽然是对我有说有笑，但是眼中是贮藏了一眶眼泪。这我当然知道你是如何地同情我、爱我"。李云蒿在信中充满对母亲、弟妹的牵挂，"我的母亲是个身体不够健康的人，她闻我受难的消息，无疑地会无限悲伤。你要好好地安慰她，请她把目光扩挞一点，还请你对诸弟妹时时教导"。赖志廉给妻子伍英媛的信："望你在家对家姑要尊敬，对妯娌要和睦。尤其对初生幼女要更小心抚养成人，将来有望。此问合家安好！"廖梦樵给东兰县知事黄守先一封公开信爱憎分明，情感激昂，如："东兰已死的农民你们已经把他们惨杀了！还有这六千余的难民你还不肯饶他们吗？我的良心谴责我，不许我同你们站在一起，要我参加到农民队伍里去，团结势力向你们进攻，为已死的农民报仇。"

一封书简，一段记忆

不可否认，任何一封书简都带有时代的特征，但红色书简中有红色记忆，我们的先辈为了中国的革命，为了民族的解放付出了许许多多，其精神都存在于这些书简之中，这是值得我们记住和珍惜的。

一方面，QQ、微信、微博等互联网即时通信工具的出现，给传统的情感交流造成了极大的冲击，传统书简正在迅速消失；另一方面，抢救珍贵红色书简的工作刻不容缓。目前找到的书简多是20世纪80年代初期广西革命纪念馆主持“广西新民主主义革命时期党史资料抢救工程”中征集整理出来的，力图以项目的形式推动广西党史资料的抢救工作，但征集到的关于红色书简的材料仍然很少。因此，要找全广西红色书简基本是不太可能的。书简，在新的时代，正逐渐成为一个烙在过去的印迹。它也许如竹简一样，变成历史的背影，成为只有影视中才会复刻的一种场景，但这种记忆，特别是红色书简蕴含的真情实感，仍然让我们感到温暖，无法忘怀。

当看到书简在你身边的时候，你会有一种见字如面的感觉。写作者的音容笑貌仿佛就隐藏在一笔一画中，文字里透露出真性情，纸面上流淌着生命的气息。

编者

2021年4月

目　录

扫码聆听　书简诵读

永葆初心

践行使命

信仰永恒

永葆初心

初心如磐，使命如山；初心在胸，使命在肩；初心不改，使命不移。党员干部最难得的就是历经沧桑而初心不变、饱经风霜而使命依旧，因为这不是一阵子而是一辈子。

永葆共产党人的革命初心，就是要始终坚定理想信念。革命理想高于天。2015年7月1日，习近平总书记给国家测绘局第一大地测量队老队员、老党员的回信提出“不忘初心，方得始终”。2016年7月1日，习近平总书记在纪念中国共产党成立95周年大会上向全党郑重发出“不忘初心，继续前进”的号召。2017年10月18日，在党的十九大上，“不忘初心，牢记使命”上升为大会的主题，习近平总书记深刻指出“这个初心和使命是激励中国共产党人不断前进的根本动力”，并部署“在全党开展‘不忘初心、牢记使命’主题教育”。因此，不忘初心，坚定共产主义远大理想必定实现的信念，是每个共产党人的政治灵魂，是我们奋斗的精神支柱。

英雄史诗波澜壮阔，初心铸就不朽丰碑。回顾峥嵘岁月，难忘初心情怀。100年来，无数共产党员在不同的时代环境中为党和人民贡献自己的一切，树立了光辉灿烂的形象。像黄日葵、韦拔群、李明瑞、高孤雁、朱锡昂等优秀共产党员，他们坚守着可贵的初心，用扎扎实实的行动，书写着可歌可泣的壮丽篇章，不断为党旗增光添彩。

黄日葵

百折不挠为真理

黄日葵（1899—1930）

广西桂平人，号宗阳。五四运动的骨干分子和积极分子，北京地区早期党、团组织工作重要负责人。1916 年留学日本。1919 年就读于北京大学，参加李大钊指导发起的马克思学说研究会。1921 年加入中国共产党，成为最早的广西籍中共党员。1926 年任国民革命军第七军政治部副主任、中共广东区委会特派员、中共南宁地委书记、中共广西区委筹备组组长。1927 年参加南昌起义。1928 年抱病在上海坚持工作，不幸被捕。出狱后东渡日本。次年秋冬，在东京参加中共组织发起的广州起义两周年纪念活动，被日本当局逮捕，在狱中备受折磨。1930 年出狱就医。1930 年 12 月 20 日病逝。

书简原文

致林从云[①]

商飙瑟瑟，瑞雪霏霏。别才三月，事已隔年。天寒，伏惟动履休胜，学业进步，为慰。弟匆匆成行，未得告别。别后复未得片刻之暇，久疏简候，罪甚罪甚。岁聿云暮，君等又在假期中矣。围炉聚谈之乐，心窃慕之。弟始意本欲随程子北上，从事古学，旋以故不果。适李君归自东瀛，邀弟同渡海外游学，固弟素志，故旬日之间决然成行。到东以来，日惟从事彼邦语言文字。□忆与君等谈经史，论诗画之乐，如同往事。君等别□□之蒸蒸日上。弟学殖未深，孑身远游，望故人时赐□□，以竭鄙吝为祷。心典、文石[②]二学长钧此。

① 林从云，桂平县（今桂平市）城厢人，黄日葵的中学同学。此信写于 1917 年 2 月 6 日。
② 心典，即黄心典；文石，即区文石。二人均为桂平县城厢人，黄日葵的中学同学。

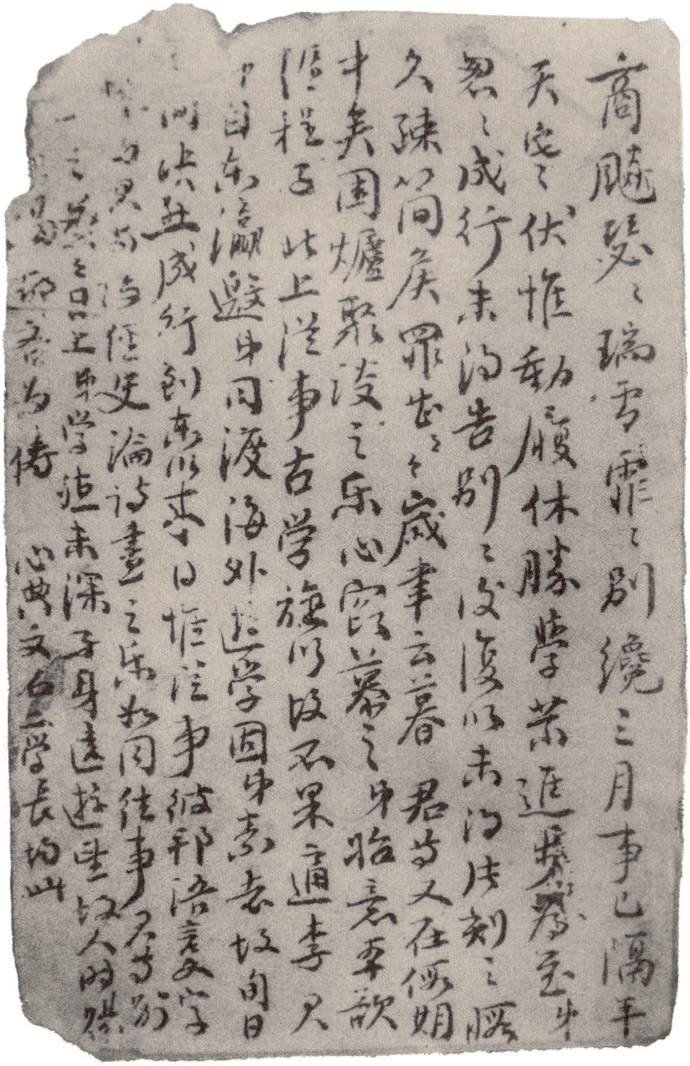

黄日葵手迹

致田汉①

到北京之后，不安分守己去念自己的功课，却欲去窥那宫墙万仞的学问，只赢得被各种学说笼罩。伸不出头去立夫其上，自由审择。被各股潮冲激着，弄得心乱目眩，不知要卷到那里去才好。汗牛充栋的古书，思精体大的西籍，前者不知用甚么方法何种眼光去看他，方不蹈前人劳而无功的覆辙。后者不知从甚么研究起，才方得以短少的时间，收极大的功效……

① 田汉，诗人、剧作家，中国现代戏剧奠基人，我国国歌《义勇军进行曲》词作者。他与黄日葵同为少年中国学会会员，两人在日本留学期间一见如故，结下了深厚的友谊。此信写于 1919 年 4 月 28 日。摘自田汉《新罗曼主义及其他——复黄日葵兄一封长信》，原载于《少年中国》第一卷第十二期。

致黄玄①

仲苏兄：

你说的话我都狠（很）愿听，此刻有万千言语，因为脑子不清，精神不好，没得说出来。仲苏！你不应该为改削我的信说了许多话。我现在顺便告诉你，我一生的长处，就是肯信仰朋友，稍相识的，莫不以兄事之。望你谅解我这点！我写信常有不通的地方，自己明明知道，不过事忙不改罢了，这也是精神不集中的表现，是我一生性情的大变化——前四年我是□□心的。

少年世界常常起稿荒，我心中更是过不得。我所能做的文章，不合该志的体材，我所能为力的只有翻点日文，但这都是我不愿为的，（我所痛心疾首的，是平素没研究，而抄袭胡说以凑热闹，以出风头，我从前也近似，现想忏悔）到紧急的时候，想破戒塞责，却又没有材料，奈何！在理诸兄要可怜体谅我一点，因为你们都是专门将毕业的人，我则预科还没终了。我自信以我的力量，好好的用功下去，不一定会总没建白，但是，现在的处境，却没一样不是为我前途障碍的，不说别的：就如我的脑子已经快坏了，我

① 黄玄，字仲苏，当时是少年中国学会会员。此信摘自《少年中国》第一卷第十二期。

的“字”从前虽不是好，但决不像现在写的粗俗草率，我的文虽不如春葩夜潮，决不像现在写信不成样子。当这世界和个人的过渡时代，是最危险的时代，我如此，他人亦必如此，我们试向周围一望，种种可怜可惊的现象，真可扼腕！同时觉得我们的责任，因此而愈大。仲苏兄！我们要为现在的中国文化现在的我着想，就能够不为久远之将来的中国文化将来的我着想吗？我们虽不迷信“勿为目前之务而遗千载之功”的话，但“最近的将来”是要计及的。大多数学生的生涯是“为作文而读书”，不是读书有得或有所成而后作文，这还称得做“修学”吗？直是“猎学”罢了！稍有点才干的学生，他的书室，便成公事房，他的生涯，便是书记，久而久之，成为习惯，竟以此种生活为“正”，读书为“副”了。兄等的环境，我不清楚，不敢说；至于此间的会员，没一个不是一身数职的。有些入他团体在前，入学会在后的人，也许会有以“继母”待少年中国学会的呢。这都没甚要紧，我们所怕的是：以学会当作一种达自己目的的工具或者借他做个妆饰品，等到他无需乎此的时候，他就弃之如敝屣了。中国没继续十年的学术团体和杂志。就是为此，我们能不犯这毛病么？以上是泛论的话，并非“有所见而云然”。望格外谅解方好！

我一生最怕遇着“名利欲”最盛和“机智百出”的人，我是生于风气朴野的山国，长于家风纯厚的家庭的人，没有应付这种人的素养，更没有敷衍这种人的度量，所以精神旺盛时就是痛诋，精神衰弱时，就是厌世，悲观，甚而作自杀之想。前晚睡不着，想想世上的罪恶，越想越无是处，当时有两种感想涌现：第一就是刚说的厌世。第二想作一小本《赤子之心》，即以赤子之心，和山民的眼，观察、描写人间的罪恶。将自己所经过，见过，想过，做过的罪恶，所闻，所知，朋友亲戚……的罪恶，一一写出，丝毫无隐。内容好丑不管，只要句句是从心窍里流出来的，是我的血，我的泪，讲到不想再讲，写到不想再写，就够了。没人肯印，没人肯看，不要紧，亲戚朋友与我断绝关系，也不要紧；因为这还没到“厌世”“自杀”那么可怕的程度。——这两样劣念，于我无聊的时候，常常涌现，——自从那夜起了此念，随后想想，虽似乎有点神经性；但若能够宣泄自己的郁积，为人类说句真话，颤动世人的心目，也是很痛快的一件事。但不知能实现否耳。

春假后，我要实行生活革命了。大概除正课外，上午致力英文（暑假后打算入英文系）及哲学，心理学，月、水、火、文学，木、金、土。下午阅报，杂志，晚间研究社会主义，或家族问题，妇女问题（近日想译点日文博些书籍费或暂更改）。第一个目的是：“要将学问弄出个头绪，诸事要使他有一定的规则。”其结果有二大利：一、学问有系统，二、精神不散漫。仲苏兄！学问无系统，和精神散漫，已陷予于苦闷、厌世的境地了！

最后的话，就是想将会务暂行交给别位闲着的会友，让我专心致志地读一点书，俟有点头绪了，再来补过。同时我又想到有增收（男女）会员之必要；因为现在已经有不敷分派之势，若到暑假大批毕业出国之后，那更没人了。

以上所写，狠（很）足表现我有精神病，和神经病，望你谅之教之。敬请著安。

弟日葵敬复。七日。

关于广西特委工作给中央的信①

中兄：

由步青兄交来的广西特委报告等三件，看了以后，简单述一点我的意见（因在病中不能悉意）：

（一）现在的这特委实际上只是苍梧道的特委，它的缺点是不能筹划整个广西的党务，他们在工作计划大纲中对于苍梧道以外，南宁、柳州、桂林及田南、镇南两道（尤其东兰方面）完全没有提到。不过言是当然的，自邓拔奇以下恐怕没有同志知道苍梧道以外的情形和过去的工作罢（从前宁培英是知道的）。因此特委应加入熟悉上述数处重要区域情形的同志，而后特委本身才能健全，广西的党才不致形成畸形的发展（一时不能在南宁方面找得同志到手时，只好用陈勉恕，因为只有他是在那方面做过工作的）。

（二）在报告中很显然地看出广西党还是非常幼稚。一方面各县委的书记等还须临时去训练；他方面所提出的口号看不出有对外的积极的斗争的，距离暴动的时机还远。在此情形之下，若尽督促其做超过自身力量的行动（如暴动之类），结果必将仅有的力量完全倾注于这工作，而影响到初期的党的发展与壮健。因此我以为广西目下工作，

① 根据文件内容推测，此信写于1928年3月21日。

在桂平、平南两处有一点武装力量和斗争经验的地方应时刻计划并实行游击战争外，特委的最近工作，应划定一个期间倾全力去恢复和发展党和团（自然在日常斗争中）。

（三）南宁党和团的恢复是很要紧的，其意义不但因它是广西的省会——政治中心，而且是田南（东兰）、镇南两道，甚至于是柳州（因新开公路由柳至南宁只数小时，由柳经桂平达梧州之水道则需三天）通梧州的一个枢纽。南宁党建立不起来，在南宁市及其近郊本身固是大大的损失，由于已有相当工作之右江一带，尤其损失得大（由南宁到百色沿河一带称右江，由〈南〉宁到龙州沿江一带称左江）。柳州方面实业，比他处发达，工人为多，不应忽略。报告中未提及大湟江口的工运。江口距离桂平、平南的革命农区俱只三四十里，有小梧州之称，工人（店员）总在千人左右，从前工会的精神不在梧州之下。在我上次报告中曾述及前年农民斗争胜利与他们的关系，所以江口工运应特别下力，这地方是一个无产阶级领导农民的极好模范。

（四）广西的农暴甚至农暴至于游击战争都不易起来的原因，主观力量薄弱之外我看还有两个：一是广西农村中自中产地主起都有自卫的枪支，有炮楼，村子周围好的有土城，否则也有“竹城”（种着一种很粗很厚密的竹林，防御是很周密的）。地主绅士的自身或子弟出外，不是自己有枪保护就是请兵。所以袭杀土劣比他省较不容易，某种限度的武装是不可少的。第二，因为农运不能普遍发展，有的也停顿了，只余桂平、平南一隅，统治阶级得集中兵力镇压一处，稍有举动，过大的压力就到。因此农民武装的组织须加紧普遍于武宣、贵县、容县、北流……等处[①]。同时南宁近郊尤其东兰一带已有过工作成绩的，必努力设法恢复，如是各处呼应，才能真正地摇动桂系的统治，而较有造成暴动局面希望的平、桂才得更多的机会生长。东兰方面上可威胁饷源的百色，下可威胁政治中心的南宁，东可蔓延到柳庆一带，北可通贵州，而且为政治兵力所不易及，切不可放松。

（五）关于东兰、南宁工作，若由现在的特委指挥事实上办不到，因距离太远交通线不直达。我意在组织上自然归特委指挥，但仍许其直接广东省委或南方局。因东兰到南宁，南宁到贵县，贵县由汽车路出广州湾，是一条很自然的路。自然若轮船交通建立起来了，由驻在平南的特委直接指导是很便的。

① 原文如此。

（六）报告中经费，其预算是最低度。特委无法筹款，恐亦事实。我们以为除五十个特派员可以变更其工作方法而减少若干外，仍希望中央可以津贴一点。

（七）日前回去之李其实、阳心畲两同志，我以为可以派回平、桂训练农军。东兰有了消息后军事人才是很需要的。此间在团工作之罗烈、梁乃超，一是贵县人，一是桂平人，地方情形很熟悉，且工作过，可否调回？

（八）特委中宜加入一梧州方面工人同志为恢复发展梧州工运所必要。前在港时曾与苏文灿①同住两星期，后由粤省委给川资及介绍函到都城去自觅工作。此人可问周济②或知道。

（九）在东兰做工同志余少杰③，现在不知尚在彼否？有一严敏④近在别方面，闻说回到南宁了。请特委设法去找他们（严可到马草街女校何若梅校长处探询或知）。

（十）报告中表露最大的缺点是土地革命尤其苏维埃的宣传没有十分注意，今后应加紧这方面的宣传工作。

右 报告因病中未能详尽或有遗漏。

日葵

① 苏文灿，广西水厚县（今崇左市大新县）人。
② 周济，广东番禺县（今广州市番禺区）人，广西早期党组织创建人之一。
③ 余少杰，广东鹤山县（今鹤山市）人，广西右江地区党组织创建者之一，后牺牲。
④ 严敏，广东东莞县（今东莞市）人，中共党员，曾任共青团南宁地委书记，后牺牲。

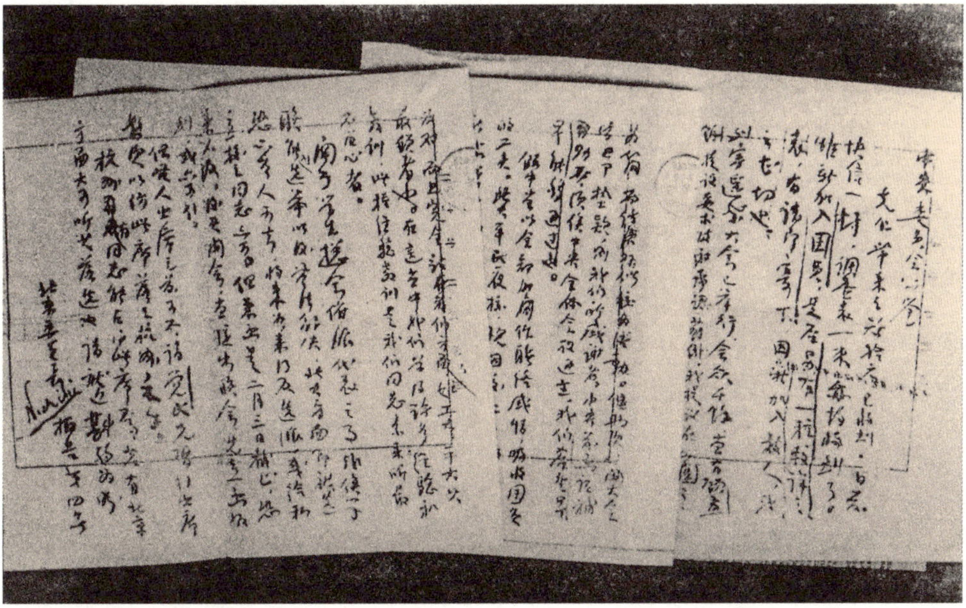

黄日葵手迹

书简解读

本文共收录黄日葵于1917年至1928年写的4封书信，记述黄日葵这11年来从进步学生到成为中国共产党创始人之一，进而领导全国各地开展革命斗争的情况。

写《致田汉》一信时，黄日葵仅20岁，刚从日本回国到北京大学学习，有着强烈的知识救国的愿望。当时正值巴黎和会讨论山东问题，大会将德国在山东的特权转给日本，遭到中国人民的坚决反对，五四运动爆发在即。黄日葵当时身处北京，正在筹划、组织五四运动的游行示威活动。当时中国知识界和青年学生正在反思中国传统文化，追随“德先生”（民主）与“赛先生”（科学），开展探索强国之路的新文化运动。黄日葵每时每刻都被新思想和爱国运动的热潮所冲击，思想斗争非常激烈。黄日葵曾到日本深造以寻求救国真理，中日“二十一条”的签订让他愤然回国。他四处求索，却找不到救国良策和救国之路，信中反映出他当时既矛盾、痛苦，同时又对即将到来的五四运动充满期待的心理。

《致黄玄》信中写道，“我一生的长处，就是肯信仰朋友”，说明他对友情非常看重，对友谊非常忠诚，已经上升到信仰的高度。信中讲道：“当这世界和个人的过渡时代，是最危险的时代，我如此，他人亦必如此，我们试向周围一望，种种可怜可惊的现象，真可扼腕！同时觉得我们的责任，因此而愈大。仲苏兄！我们要为现在的中国文化现在的我着想，就能够不为久远之将来的中国文化将来的我着想吗？”这段话反映出黄日葵虽然日常事务繁忙，却心系国家大事，同时对中国文化发展方向感到迷茫。他对文化危机的感触折射出当时中国文人迷茫的状况。

《致黄玄》信中写道，“生活为‘正’，读书为‘副’了”“以学会当作一种达自己目的的工具或者借他做个妆饰品，等到他无需乎此的时候，他就弃之如敝屣了”，反映出当时学风浮躁，文化变成个人钻营和粉饰太平的工具，社会动荡，国人对前途、命运迷茫，单纯地以生存为目的，没有文化的引领，没有信仰的支撑。

黄日葵在《致黄玄》信中提到“厌世”“自杀”，想作一本《赤子之心》描写人间的罪恶、自己的罪恶。黄日葵对国家现状担忧，对社会现状不满，对当政者不忿，只能在书信中宣泄自己的郁积，为国家、为民族担忧却又对现实无可奈何的心情在信中一览无遗，这也反映出他追求救国真理的决心和行动一直没有停止过。

《关于广西特委工作给中央的信》是黄日葵在病中向中央汇报广西特委的情况，全信写了10条，对广西的革命斗争情况做了详细的汇报和说明，对广西特委的工作给予中肯的评定，指出不足，提出改进的建议。

信中第一部分一针见血地指出广西特委的明显短板——“不能筹划整

1921年7月，少年中国学会的23名会员于南京高等师范学校合影

个广西的党务”，信中提到的特委中除邓拔奇外没有其他同志知道苍梧道以外的情形和过去的工作，提出的解决办法是启用陈勉恕，因为他做过那方面的工作。

信中第二部分明确指出，“广西党还是非常幼稚”，武装暴动工作还差得很远，武装力量还很薄弱，斗争经验不够丰富。从此封信中可以看出，黄日葵的革命思想已经非常成熟，他历经北伐战争、南昌起义，对于只有革命才能改变中国、只有革命才能推翻旧政权、只有革命胜利才能有中华民族的新生有着坚定的认识。

信中对广西农民暴动的方法、时机，工运、经费、宣传工作都做了汇报和建议，对广西特委今后的工作发展给出了建议和方向，为广西革命的胜利夯实了基础。

红 色 人 生

黄日葵，1899 年 6 月 12 日出生于广西桂平县城厢镇五甲街一户书香世家。他自小聪颖勤奋，1916 年 10 月于县立中学毕业后自费赴日本留学，并积极从事爱国运动。回国后，他参加了五四运动，后又积极参加了北京共产主义小组活动，成为第一批中共党员，也是第一位广西籍中共党员。

1919 年秋，黄日葵到了北京，一面在北大读书，一面从事革命活动。五四运动前后，各地青年学生频繁组织各种社团，少年中国学会就是其中一个，其宗旨是：“本科学的精神，为社会的活动，以创造少年中国。”学会正式成立时，黄日葵还在上海，返回北京后他立即参加了学会，并和李大钊等人一起担任了学会最高领导机构评议会的评议员，同时担任学会

1919 年 7 月，王光祈、李大钊等在北京组织了少年中国学会。图为学会周年纪念会时部分会员合影
左起：孟寿椿、邓中夏、周炳林、张申府、陈愚生、康伯情、袁同礼、李大钊、黄日葵、雷宝华

编译部编译、学会月刊《少年中国》编辑、文牍股主任。1920 年 8 月 19 日，李大钊率先提出：“对内对外，似均应标明本会主义之必要。盖主义不明，对内既不足以齐一全体之心志，对外尤不足以与人为联合行动也。”黄日葵对此表示完全赞同，并进一步主张学会标明的主义“不可不为社会主义”，要在学会内成立社会主义研究会。1921 年 7 月 1 日至 4 日，少年中国学会在南京召开第二届年会。其间，黄日葵多次

《少年中国》杂志

邓中夏和黄日葵

发言，强调学会会员要信奉社会主义。他说，“主义是时代的产物，今日为中国的改革，实觉须有一种主义的必要”，“会员事实上已无法避免政治活动，不能无一定主义以为活动的标准”，“会员社会上各种活动，以所持主义各异，是非善恶各执一说，每引起误会，由这所以不可无共同的主义”，因此，“必须对旧宗旨重新诠释一番”。此外，他还对那种“不加入旧政界”的高调进行了批判。虽然在中共成立后少年中国学会最终分化，但黄日葵通过学会工作既锻炼了自己，又影响了他人。

与此同时，黄日葵还参加了北京大学马克思学说研究会。该研究会是1920年3月在李大钊指导下，由邓中夏、黄日葵、高君宇、张国焘、朱务善、何孟雄、刘仁静等人发起成立的。研究会最初是秘密的，1921年11月17日在《北京大学日刊》上登载启事，从而走向公开。研究会成立后便积极筹集资金成立专门的图书馆，收集有关马克思学说研究的汉、英、俄、德等各种文字的书报杂志达数百种。研究会通过召开讨论会，举办讲演会，开展特别研究、编译和刊印马克思著作及其他有关的论文来宣传马克思主义，是我国最早研究和宣传马克思主义的革命团体之一。

1920年秋，北京共产主义小组成立（11月底改为中共北京支部，李大钊为书记），之后立即推动成立了北京社会主义青年团，黄日葵是最早的团员之一。罗章龙在《关于黄日葵同志情况的回忆》中说：“11月间，北京共产主义小组决定吸收社青团的中坚成员进入小组，黄日葵是团的骨干，因此得以补进共产主义小组。”入党后，黄日葵主要担负社青团的工作，其间，他不但积极在北京推动学生运动，而且还到南京、上海、济南、重庆等地进行革命宣传，甚至在回桂平探亲时，也大力开展反帝反封建的宣传工作，促进了桂平工农运动的开展。

加入中国共产党后的黄日葵，更加积极地宣传马克思主义和社会主义运动，撰写了大量相关文章，其中包括《新村之说明》《我们劳动者的枷锁》《日本之劳动运动》《日本青年文化同盟之成立及其宣言》等。他在《最近英美之劳动运动》一文中指出，英美工人阶级在俄国十月革命影响下提高了觉悟，已经从经济斗争发展到政治斗争，“他们正在提出更根本的要求，向政府资本家作最后的挑战”，“无论如何，总想以自己的手段决定自己的命运”。在此情况下，中国工人阶级也应组织工会进行罢工，自己决定自己的命运。《日本社会主义运动小史》一文则介绍了日本社会主义的派别、分歧、主义，指出以抽象的平等福利等道义观念的社会主义并不是真正的社会主义。与此同时，黄日葵积极倡导妇女解放。他在《国民》和《少年世界》上发表了《各国妇女运动史》等文章大声疾呼。他的《妇女问题评论》一文倡导大学要开放女禁，认为男女“同是人类，同是一样的智慧”，应有享受社会利益的权利，鼓励妇女为平等教育权利而斗争。而《何故不许女子平等》一文则批判了以三纲五常为中心的封建思想，斥责反对男女平等、妇女运动的顽固派“简直失了人类的本性，要发挥他的兽性了”，号召“男女当发挥互助的精神，完成人生的意义”。此外，黄日葵还经常为社青团团刊《先驱》撰稿，组织编译各种丛书、小册子，大造革命舆论声势。

在李大钊的直接指引下，黄日葵为宣传马克思主义、开展工人运动和学生运动做出了重大贡献，后受党组织的委派，黄日葵回到两广工作，给青年运动许多具体的指导，被史学家誉为“广西共产主义运动的启明星”。

韦拔群

学到用时方恨少

韦拔群（1894—1932）

广西东兰人，壮族，中共党员。广西农民运动的先驱和卓越领袖，中国工农红军第七军和右江革命根据地的领导者之一。1921 年 9 月领导东兰农民同土豪劣绅做斗争。1925 年初入广州农民运动讲习所学习。1925 年 5 月在东兰开办农民运动讲习所，培养农民运动骨干。1929 年 12 月参加百色起义，任右江苏维埃政府委员，中国工农红军第七军第三纵队司令员、第二十一师师长。1930 年红七军主力开往江西后，他率领一部分部队在右江地区坚持斗争。1931 年 11 月当选中华苏维埃共和国临时中央执行委员。1932 年 10 月 19 日在巴马香刷洞被叛徒杀害。

书简原文

给黄子衡的信①（一）

子衡同志、各同志鉴：

接你信后，我们召集负责同志开紧急会议，议决如下，请照实行。

一、如堵截不得子弹，即决心以第二团（即你们）分帮在凌云各劣绅所在地作老二专门打倒反革命派；以第一团专守巴里，以第三团专守长里。

二、以独立大队及驳壳队、特务连向二、三都方面打倒劣绅，声攻百色。

三、由第一、三团出短兵扰九架及凤城附近。

六、特派邓朋、牙美元、韦国英等向那地暴动。牵制吾隘敌人。

七、以都乙助河池潘部②，在河池暴动牵制隘洞、都乙敌人。

八、派苏民同志往长里主持军事，派明春、口卿、先行、

---

① 黄子衡，即黄大权。原信中缺第四、第五两个序号，而又在第十二、十三两个序号上打了“×”。“韦拔群”印为椭圆形。

② 潘部，即潘天甫部。潘天甫原是都安、河池一带的土匪，韦拔群曾争取过他参加革命，未果。后潘天甫被国民党杀害。

恺成、韦茎主持巴里军事。

九、派沈士选、唐高能、田兴开、陈宝安守长筒、弄且、弄兴一带。

十、群与觉民巡游各要地，拉拢各正绅，及相机暴动，其余人员留守巴里行营。

十一、如黄逆用全力猛攻吾兰，你即与第三团攻其后。协成、无畏专求外援。特务连与第一团死守泗孟、长江。另调百色农（军）守巴里。

十二、先行带去的兵前日与敌战于九架附近，伤三名。敌先退却，先行亦已退到长里。已去信催他回巴。九文无兵守。

十三、闻你又集合所部向敌反攻，究竟真假，谭部已回来否？念念。望回音。

收容好了，各路归各路，你仍回平乐与彼方农友共患难啊！驳壳可令他与谭同回巴里。

祝再接励

韦拔群（印）

八月十七日[1]下午

① 日期为1927年8月17日。原件存于广西壮族自治区博物馆。

给黄子衡的信[①]（二）

子衡同志：

来函知道，事既如此，仍望你暂死守社更，收容队伍，候谭同志全部到齐再为打算，胜败兵家常事，望勿恢（灰）心为盼。现在敌情如何？仍望再报。

韦拔群（印）

① 原件存于广西壮族自治区博物馆。

扫码聆听 书简诵读

给友人覃瑞五的信

瑞五我哥有道：

手示奉悉。内中明教暗导，无微不至，私衷感激，诚不可任。此次我地方劣绅土霸，勾引盗阀走狗压迫摧残我农民、学生、党员，意图夺我民权，伸彼官权，以遂其世袭思想。谁知我人民之思想随世潮而变迁，不能如专制时代之人民，任一般贪官污吏、劣绅土霸欺压鱼肉。科学所谓压力大，反抗力更大。如此次战争，官党以力服人，人民虽受重大损失，然其心不死，革命时日不断。强权虽猛，公理尤刚。青天白日之国徽不存则已，倘能存在，兰民必有仰头之日。此群敢断言也。信内所开五条，要群实行有何不可，惟须待祥卿、焕庭、畅生、伯明[①]诸代表回兰后，方能出去。万一各代表均不回头，在四月内亦要出去。去之目的必在求学。学到用时方恨少！不然人生世间等于与鸡犬争食耳。情长纸短，不尽欲言，肃此敬复，顺祝幸福。

弟 拔群

（一九二四年[②]）四月五日

---

① 祥卿即黄榜呈，焕庭即黄绍文，畅生即陈守和，伯明即陈伯民。

② 年份为编者推断。原件存于解放军档案馆。

给泗爷乡的信　（一）

泗爷乡常委主席收存：

于明日有红军大部队开到此间，对于粮食须妥有相当准备，兹决定贵乡筹包谷叁百斤，请接到信后，马上筹收送来到部，以便红军到时发给，是要。

此致

敬礼！

韦拔群

七月二十四日

给泗爷乡的信　（二）

刻本师各部队集中此间，粮食发生困缺，无从筹措，兹特遥向贵乡府借取包谷肆百筒，暂济日前之急，后本部征发得来当如数偿还，决不食言。

此致　泗爷乡府常委收存。

韦拔群

八月一日

给士乙乡苏维埃政府的信

士乙乡苏维埃政府：

豪匪与我们已成水火不能相容的事实了，我们不消灭敌人，敌人亦必向我们进攻。此时，敌人集中准备夺占我们的秋收，我们亦应大家下决心与敌拼死，夺得此秋收，才能维持明年的生活。

消灭敌人的力量，固然以红军为主力，然无各乡群众努力帮助，此工作必不能实现的。红军此时已计划日内向敌进攻，向贵乡群众有以下的要求：

……来抵押

……期内赎回，

……得了运输队……[①]可能抓得敌人的粮物以济我方，现派黄卜能、黄尊居二同志前来接洽，希完满答复，明天中午一起办到师部。至荷

此祝

敬礼！

韦拔群（印）韦仕贤（印）

八月初五日[②]

① “……”为残破缺漏，并非省略。

② 即1931年9月16日。原件藏于广西右江革命文物馆。

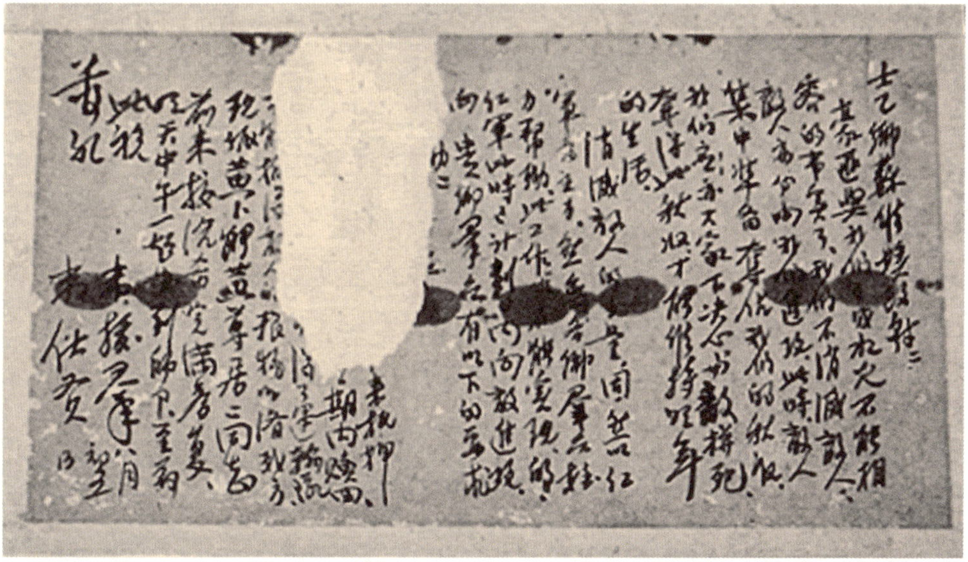

韦拔群手迹

书简解读

韦拔群给友人覃瑞五写的一封信，时间为 1924 年 5 月 8 日（农历四月五日）。

1923 年，韦拔群率领农民自卫军三打东兰县城，赶走了县知事，成立了东兰革命委员会，公布四条政策：取消一切苛捐杂税，废除各种契约，提倡民族平等和男女平权。“三打东兰”是中国现代农民革命运动史上较早的一次武装起义。反动派对此惶恐不安，驻百色军阀旅长刘日福对韦拔群和他领导的东兰农民自卫军恨之入骨。是年冬天，刘日福与东兰的反动势力相互勾结，诬蔑韦拔群领导的农民武装运动是“吾隘劳农党作乱”，并呈报省政府。1924 年 2 月，广西当局下令通缉韦拔群等人，并派出军队进入东兰，镇压农民运动。由于缺乏组织斗争的经验，农民运动失利。

韦拔群认识到，要使革命成功，必须学习，必须寻找一条指导革命的正确道路。当时，中国共产党领导的工农运动已经在广东等地蓬勃发展，中共三大和国民党一大相继召开，国共两党合作已经形成，广州成了全国革命的中心，韦拔群便决定到广州去学习。在出发前，他给覃瑞五写了这封信。这封信反映了韦拔群早期的革命思想，我们可以从中发现韦拔群在血与火的革命洗礼中，是如何从一个仰慕太平天国英雄、充满豪侠之气的少年成长为孙中山的追随者，又是如何从三民主义斗士转化为共产主义战士的。

韦拔群给黄子衡（黄大权）的两封信为红栏白毛边纸，文字用蓝墨水书写，钤韦拔群朱文椭圆印。黄大权是东兰、凤山两县农军二路军总指挥，后任红七军二十一师参谋长。1927 年 8 月，黄大权奉命率领第二路农民自卫军在凤山县平乐区阻击敌人，由于敌我兵力悬殊，战斗受挫。韦拔群收到战斗失利的报告后，写此信给黄大权，鼓励他不要灰心，坚持继续战斗。

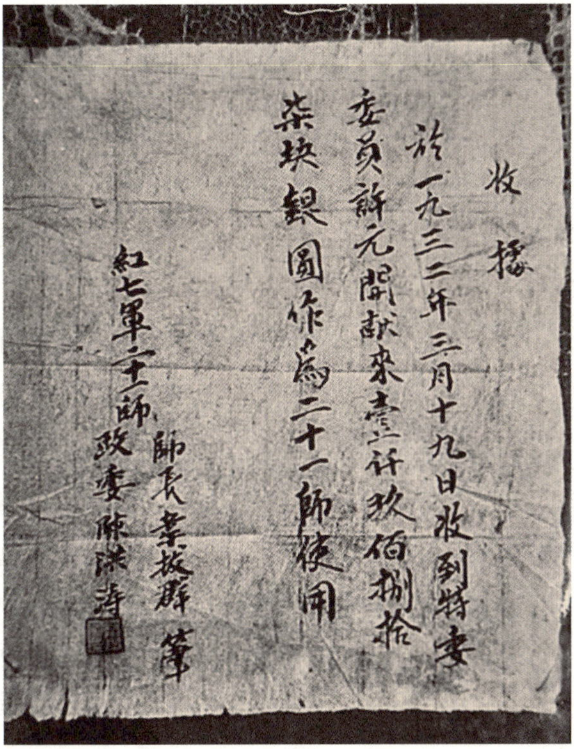

收據

於一九三二年三月十九日收到特委委員許元閑獻來壹仟玖佰捌拾柒塊銀圓作為二十一師使用

紅七軍二十一師

師長韋拔群 簽

政委陳洪濤

韦拔群手迹

1931年7月，韦拔群带领800多名战士到东山泗爷一带进行整训。部队出发前，韦拔群亲自写信给泗爷乡府常委、士乙乡苏维埃政府，一共有三封信。信中主要内容一是指出形势的严峻，信中指出“我们不消灭敌人，敌人亦必向我们进攻……我们亦应大家下决心与敌拼死，夺得此秋收，才能维持明年的生活”；二是进行粮食的筹备。1931年7月底，韦拔群写信给中共泗爷乡党支部书记黄绍金，进行粮食筹备。接信后，黄绍金奔走弄门、弄哄、弄纳、弄勇、干马、弄怀等峒场，召集党员，发动群众，收筹得苞谷700多斤。8月初，部队粮食再次发生困缺，泗爷乡党支部又一次多方筹借得苞谷800多斤供给部队，后韦拔群付给银两。此款后来黄绍金提议用来购买大刀枪支武装农军，得到革命群众的赞同和支持。

红色人生

韦拔群，1894年出生于河池东兰县武篆镇东里村的一个壮族家庭。早年就读于广西法政学堂。

韦拔群1916年初在贵州加入讨伐袁世凯的护国军，参加了护国战争。后入贵州讲武堂学习，毕业后到黔军任参谋。在五四运动影响下，1920年他离开黔军到广州加入“改造广西同志会”。

1921年，韦拔群回到阔别已久的家乡，打出“救家乡、救广西、救中国”的口号，决定凭借在外学到的革命知识为老百姓的福祉而斗争。

革命需要枪支弹药，需要许多人力物力，没有资金怎么办？他毅然变卖了自己的家产，购买枪支，组织“农民自治会”“农民自卫军”，并把改造东兰作为第一个目标。1923年，韦拔群领导农民自卫军，三次攻打东兰县城，赶走了旧政府官吏和麇集在县城的土豪劣绅，打碎监狱的门，释放了被无辜关押的群众。“三打东兰”的胜利，沉重地打击了东兰反动统治势力，震惊了广西省当局。为镇压农民运动，广西省长张其锽下令军阀旅长刘日福率兵进驻东兰，悬赏通缉韦拔群等革命领导人。东兰的革命形势暂时转入低潮。这个时候，韦拔群深入思考和努力寻求革命胜利的道路。

1924年仲夏，韦拔群得知中国共产党帮助孙中山改组了国民党，制定了“联俄、联共、扶助农工”三大政策，实现了国共合作。当时，广州已成为中国革命的中心。这年秋天，韦拔群和战友陈伯民摆脱敌人的通缉追踪，绕道贵州、云南、香港，历经半年多，于1925年初到达广州，参加中国共产党主办的广州农民运动讲习所第三期。在学习过程中，韦拔群受到彭湃、邓中夏、陈延年等人的教育启发，学习了马克思主义理论和中国共产党农民运动策略，坚定了为农民翻身解放而奋斗的意志。他常常用东兰农民反贪官污吏斗争的实践和自己的切身体会来论证革命理论的正确

第二届苏维埃农会旧址东兰县劳动小学

列宁岩洞口

列宁岩洞内

性，终于从一个自由激进的民主主义者转变为一名坚定的无产阶级革命战士，理论修养和认识水平得到了极大的提升。他如饥似渴地学习马列主义理论。找到革命真理的韦拔群，心中豁然开朗。

结业后，韦拔群回到东兰，效法广州农民运动讲习所，在东兰武篆的北帝岩（1930 年红七军军长张云逸来视察时，提议改名为列宁岩）开办第一届农民运动讲习所，并任主任。来自东兰、凤山、百色、凌云、奉议、恩隆、思林、果德、都安、河池、南丹等 11 个地区的各族农民积极分子和有志于农民运动的进步青年学生共 276 人，参加了农讲所的学习。接着，韦拔群又分别于 1926 年、1927 年先后创办了第二、第三届农讲所。农讲所不但开设政治理论、革命史、哲学、经济学等课程，还进行严格的军事训练，使学员既能组织群众、宣传革命真理，又能领导武装斗争。韦拔群还编写通俗易懂的山歌，使学员更好地接受革命的道理。

三届农讲所，共培养了近 600 名农运骨干。在这里培育的革命火种撒向右江大地，渐成燎原之势，为百色起义的胜利举行、红七军的建立和右江革命根据地的创立打下了坚实基础。

1926 年，广西当局对东兰的农民运动进行疯狂残酷的镇压，大肆烧杀掳掠，制造了震惊省内外的“东兰农民惨案”。韦拔群的房子被烧毁，妻子和刚出生 3 天的孩子也被抓入县城大牢。韦拔群没有被气势汹汹的敌人吓倒，他一面到南宁印发《请看军阀官僚劣绅土豪烧杀东兰农民之惨状》的《快邮代电》控诉反动当局的滔天罪行，一面带领农军与敌人巧妙周旋，斗智斗勇。各地各界同胞纷纷声援东兰农民的正义斗争。这一年，韦拔群领导成立东兰县革命委员会，同年冬，他加入中国共产党。1926 年 12 月，中共中央局在给共产国际的报告中这样写道：“韦同志在东兰已成了海陆丰之彭湃，极得农民信仰。”

1927 年 4 月，蒋介石发动反革命政变，新桂系军阀派大批兵力，伙同地方反动武装，大举镇压农民运动。在白色恐怖下，韦拔群坚定地率领农军，继续坚持革命武装斗争。在推翻军阀统治、反抗剥削压迫的革命斗

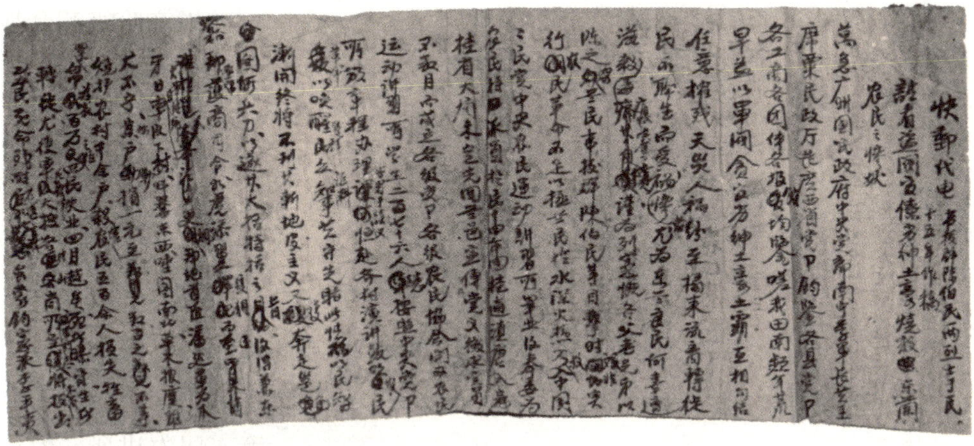

韦拔群与陈伯民为东兰县农民协会起草的《快邮代电》文稿

争中，韦拔群以自己的革命实践为中国革命和党的理论建设提供了成功典范和丰富经验。

1929年12月，他参与领导百色起义，建立右江革命根据地，任右江苏维埃政府委员、红七军第三纵队司令员、第二十一师师长。1930年3月，韦拔群与邓小平一道在东兰武篆领导了轰轰烈烈的土地改革。11月，红七军主力奉命北上，离开右江革命根据地。根据革命的需要，红七军前委决定留下韦拔群坚守右江革命根据地。他坚决服从军前委命令，把自己部队中的精兵强将、优良武器补充给北上部队，自己只留下一面旗帜、一个番号，带领百余人返回东兰，重新发动群众，重新组建部队，在极其艰苦的条件下坚持游击斗争。

1931年11月，韦拔群被推选为中华苏维埃共和国临时中央政府执行委员。

红七军主力离开右江北上后，桂系军阀趁根据地武装力量薄弱之机，纠集了数倍的兵力，先后3次、历时近两年时间对右江革命根据地进行疯狂“围剿”。根据地军民浴血奋战，终因寡不敌众，第三次反“围剿”失败。1932年10月18日，韦拔群与师政委陈洪涛在巴马西山研究决定分头跳出敌人的包围圈，当夜因病暂住香刷洞中。19日凌晨，重病昏睡中的韦拔群

韦拔群烈士雕像。位于东兰县拔群广场将军园内

被叛徒杀害。

韦拔群用 38 岁的短暂年华诠释了“追求真理，一心为民；对党忠诚，百折不挠；顾全大局，无私奉献”的“拔群精神”。党和国家领导人毛泽东、周恩来、邓小平对韦拔群一直念念不忘，给予高度赞誉。

拔群陵园

李明瑞

惟尽吾力之所能至

李明瑞（1896—1931）

广西北流人，号裕生。1918年，考入云南讲武学校韶州（今韶关）分校炮兵科学习。1920年毕业后，在护国军和桂军中历任连长、营长、团长、旅长、师长、副军长，第四集团军第三路总指挥。1929年反蒋失败后，参加龙州起义，任红七军、红八军总指挥，转战数千里，进入湘赣革命根据地。1930年2月加入中国共产党。后任湘赣革命根据地河西临时总指挥部总指挥第七军军长。参加第二次、第三次反“围剿”战斗。1931年10月，在“肃反”扩大化运动中被诬陷，遇害于江西省雩都（今于都），时年35岁。1945年平反。

书简原文

扫码聆听 书简诵读

给妻子罗昭仪的最后一封信

现在时局很不安定，我未能接你和两个孩子回广西来。我现在不是做官，而是替人民打工。你们以后要独立生活，不要依赖我。见字后，立即搬到租界住。如有人送财物来，千万不要收纳。望你带好子女，让他们长大了孝顺你。我不能抚养他们了……以后，不要再寄信给我。

书简解读

1929年5月的一天，李明瑞从武汉到上海，只和妻子罗昭仪见了一面，交代一些事情后，便匆忙赶回广西。这年冬天，李明瑞托人从龙州带给妻子最后一封信和三百元光洋。

1929年3月至5月，蒋介石宣布讨伐新桂系，历时两个多月的蒋桂战争以桂系失败而告终。6月，蒋介石任命俞作柏为广西省政府主席，李明瑞为广西编遣特派员，后任广西编遣分区办事处主任。俞作柏、李明瑞主政初期，内部关系复杂，政权基础薄弱。蒋介石对他们也不放心，千方百计从政治、军事、经济上加强控制。因此，俞作柏和李明瑞既要防止桂系军阀卷土重来，又对蒋介石集团心存戒备。同年9月，俞作柏、李明瑞公开发动反蒋战争，发出“反对独裁，实行民主，释放政治犯，贯彻三大政策”的通电。10月，反蒋失败。李明瑞把广西教导总队和警备第四、第五大队交由共产党指挥。11月，中共中央批准了广西武装起义计划，决定建立中国工农红军第七军和第八军。1929年12月至次年2月，李明瑞多次与邓小平谈话后，深受教育，与邓小平、张云逸、俞作豫等同志一起，领导了百色起义和龙州起义，出任红七军和红八军总指挥，从一个国民党高级军官转变为一名无产阶级革命斗争勇士，承担了历史赋予的重任。

经过邓小平等共产党人的教育谈话和帮助，李明瑞系统地阅读了《共产党宣言》《唯物论浅说》等一批进步书刊，政治思想觉悟大大提高，他认为“还是共产党好，他们有办法”，“共产党的前途是光明的”。他要跟着共产党闹革命，为了共产主义事业，心甘情愿和大家同甘共苦，而绝不愿当国民党的高官，享受厚禄。因此，他在写给妻子的信中说“我现在不是做官，而是替人民打工”。

蒋介石为了拉拢李明瑞，让人每个月都送生活费给李明瑞的妻子罗昭仪。李明瑞让妻子不要再接受蒋介石给的生活费，要独立自主，勤俭生活，抚养子女成人。只言片语，正如他吟诵的诗歌那样：“高官厚禄如粪土，为民效劳堪清高。革命志坚如磐石，愿为壮士抗浊流。”充分体现了李明瑞为人民服务的崇高品德。

李明瑞还在给父母的信里说：“……从孩提起，你们教诲我学习岳飞，精忠报国，为民献身，如今我立志照办了，为中华民族献身而后已……”他在给留学日本的弟弟李毅生的信里说：“革命未必自吾而成，惟尽吾力之所能至。”参加龙州起义前，李明瑞写好给家人的信，便安排跟随他到龙州的弟弟李静生出境越南，绕道送信出去。他专程送行，在边关辞别，对弟弟说：“我今后如何，不可逆料，以后双亲以及你大嫂侄儿，由你多关照了。现我身上只有3000元，给你带回给父母嫂侄作安家费吧，我既铁心永跟共产党走，就是洒热血，抛头颅，也在所不惜！”

坐落在南宁南湖公园的李明瑞、韦拔群烈士纪念馆

红色人生

李明瑞出身北流人才辈出的名门。曾伯祖父是大名鼎鼎、“才压三江”的清朝翰林李绍昉，舅父俞崇阶是清朝的武秀才，为李明瑞的军事生涯做了最早的启蒙——李明瑞自幼练习武术，后来上中学的时候还在学校里组织建立了武术队。

1913 年，李明瑞考上玉林五属中学。当时的校长朱锡昂积极向学生宣讲反帝反封道理，组织和引导师生阅读进步书刊，李明瑞的爱国壮志蓬勃生长。毕业前一年，他积极投入讨袁运动，带头游行示威，反对缔结丧权辱国的“二十一条”。毕业后在桂林加入讨袁的北伐学生军，后进河北保定军官学校学习，出来后在广州护国军第二军当连长。

1918 年夏秋之交，李明瑞考入云南讲武学校广东韶州分校炮兵科，两年后以优异的成绩毕业，开始了从军救国的戎马生涯。1923 年，李明瑞随俞作柏投奔孙中山，参加讨伐盘踞广西的老军阀陆荣廷、沈鸿英残部的战争。在历次战役中，李明瑞以英勇善战，军功卓著，从排长迭升为连长、营长、团长。

1926 年 7 月，在中国共产党推动下，北伐战争全面开始。李明瑞任国民革命军第七军第二旅旅长。7 月，李明瑞所在的第七军攻下长沙后，湖南的中共组织派一批党团员来李明瑞部工作，以姜祖武为党团代表。李明瑞对他们沿途发动工农群众支援北伐军，使革命军旗开得胜这一出色的政治工作由衷敬佩，即把姜祖武提拔为他的秘书。结识共产党员，与共产党合作，李明瑞顿感如虎添翼，他在战斗中勇猛善战，威震大江南北，被誉为北伐“虎将”。在攻打汀泗桥的战斗中，以中共党员为骨干的国民革命军叶挺独立团与李明瑞所属部队配合作战，一前一后，夹击敌阵，十分默契，终于占领了号称武汉“天险门户”的汀泗桥。在贺胜桥鏖战中，叶挺独立团为急先锋，正面与敌人接火，遇到了敌人的抵抗，连攻数日未克。李明瑞命俞作豫团向后包抄，终于打下贺胜桥，彻底打败拥有十万大军的北洋军阀吴佩孚。叶挺的参谋长周士弟回忆中说：“贺胜桥战斗的胜利，独立团员虽起了决定性的作用，但如果没有友军（指李明瑞部）配合，吴佩孚的主力是不能消灭的，贺胜桥是攻不破的！”被共产党人视为“友军”的李明瑞部之所以“配合”得好，是因为李明瑞也把叶挺独立团当作“友军”，充分信赖，真诚合作。老百姓赞誉李明瑞部为“钢军”，叶挺独立团为“铁军”。

俞作柏主政广西后，李明瑞成为广西军事主官。李明瑞是一位很有正义感的爱国将领，他同情工农运动，主动接触共产党人。蒋介石、汪精卫、桂系各派军阀均害怕李明瑞倒向共产党，倒向工农革命，纷纷以高官厚禄对李明瑞进行引诱拉拢。蒋介石前后派3个说客到龙州，找到李明瑞，想委任他为广西省主席兼第十五军军长，并送去200万光洋。一时间，函电纷纷，说客接踵，李明瑞面临革命与反革命的历史转折关头。但在中国共产党政策的感召下，在邓小平的说服下，李明瑞经过一番思想斗争，认识到只有跟着共产党走，参加工农革命才是唯一的出路，最终毅然投身到革命队伍里来。在革命与反革命转折关头，李明瑞做出了顺应历史发展的选择，他决心和邓小平、张云逸同志一起团结战斗到底。

1929年11月初，中共中央批准广西武装起义计划，并给予中国工农红军第七军、第八军的番号。在邓小平提议下，党中央任命李明瑞为红七军、红八军总指挥。在那段日子里，邓小平、张云逸多次与李明瑞促膝谈心，反复给他阐述党的知识。邓小平还送给他《共产党宣言》《唯物论浅说》等进步书刊。

1930年2月，李明瑞加入中国共产党。1930年11月9日，红七军奉中央命令北上与中央红军会师。从此，红七军开始了艰苦卓绝的战斗历程。在漫长的征途中，李明瑞和邓小平、张云逸等同志一起，带领部队转战广西、广东、湖南、江西等省，步行7000多里，面对优势敌军，进行了顽强的战斗。

1931年7月，红七军到达江西省于都县桥头镇与中央红军胜利会师，从此，红七军成为中央红军的一个重要组成部分。李明瑞在湘赣苏区被任命为江西河西临时总指挥部总指挥，统率红七军、红二十军、独立一师三支部队配合中共中央进行第二次反“围剿”。后又被任命为扩编的红七军军长，参加第三次反“围剿”，为保卫中央革命根据地做出了积极贡献。在党的领导下，李明瑞卓越的军事才能在革命斗争中得到充分的施展。

出乎意料的是：第三次反“围剿”胜利结束不久，王明“左”倾路线执行者就在红七军中搞“肃反”扩大化，诬蔑红七军为改组派军队，诬蔑李明瑞为“改组派头子”。在那蒙冤受屈的日子里，他忍辱负重，严守纪律，服从党组织的安排，认真执行指挥作战和筹军饷的任务。一天，他亲自到前沿连队视察，不料当夜竟突然被错杀。李明瑞被害牺牲后，党中央纠正了王明的“左”倾错误路线。党的七大为李明瑞等被害同志公开平反昭雪，追认他们为革命烈士。

百色起义52周年时，邓小平亲笔题写：“纪念李明瑞、韦拔群等同志，百色起义的革命先烈永垂不朽！”

高孤雁

希望把社会
重新改造过来

高孤雁（1898—1927）

广西龙州人。1925年加入中国共产党。1926年在南宁任《革命军人》《革命之花》编辑，积极从事革命理论的宣传教育工作。1927年4月，在蒋介石发动的“四一二”反革命政变中被捕入狱。同年9月在南宁牺牲，年仅29岁。

书简原文

给恽代英的信①

在这个黑暗、腐败、冷酷、恶力压迫的社会里，我热血奔腾地想给青年们以兴奋剂，鼓舞他们做社会运动工作的准备，故大为介绍新刊——《向导》《前锋》《中国青年》……多种必要的读物，当国文课本，于是大受学生们的欢迎……可是，因此我们却受了老先生的反对和攻击，诬我们为赤化，宣传过激主义，险些危及生命。但我们并不因此而灰心，硬要与这帮青年合作，希望把社会重新改造过来。

① 摘自《龙州文史资料 1930—1985——龙州起义、创建红八军五十五周年纪念专辑》，政协龙州县文史资料研究组编，1985 年版。

扫码聆听　书简诵读

告劳动者①

可怜无靠的劳动同胞们呀！快团结起来哟！什么大权威，什么旧制度，都是你们颈上的枷锁！什么自由，什么平等，都是你们梦里的南柯！他们耀武扬威，横行霸道，你们岂甘心受着罪过？他们华衣美食，你们挨寒抵饿！他们享的酒池肉林，娇妻美妾，你们度的奴隶岁月，牛马生活！你们男耕女织，纳租缴税，他们脑满肠肥，杀人放火！同胞们呀！这重魔障，你们不自己打破，仗谁来打破？你们别再怯懦，别再怯懦！敌在眼前，枪在手里，同胞们呀，我们快团结起来哟！往前冲哟！

① 摘自《党的创建和大革命时期的广西农民运动》，中共广西壮族自治区委员会党史研究室编，广西人民出版社，2003年版。

书简解读

1924 年 12 月，高孤雁给《中国青年》主编、中共早期著名政治活动家恽代英写了一封信。这封信充分体现了高孤雁为了“把社会重新改造”而甘冒生命危险来宣传革命的大无畏精神和钢铁般的决心。12 月 27 日，恽代英在给高孤雁的复信中说：“你是这样一个热心的教师，而且这样虚心好问，我对你只有钦佩，我们必须打破恶劣的环境，然而，在未有打破之实力时，我们还须善于处置，同时努力养成我们打破环境之实力才是……你同你的学生们多研究多做些宣传组织的功夫，以协同努力的根本打破那压迫你们大家的恶劣环境。”根据恽代英的指示，高孤雁首先团结了邓匡、潘涛、孙华谟、黄大我、农秋霖、谢一泓、吴炯、马亢（文清）等十几名师生，组成读书会，学习研究革命理论。

五卅运动爆发后，高孤雁等人组织学生出墙报、上街演讲、演话剧、游行示威，查抄旧货，进行募捐，筹款支援上海、广州等城市的工人斗争。为了号召劳苦大众团结起来斗争，高孤雁写了文章《告劳动者》。这篇文章运用新诗体，号召工农团结起来斗争，对比鲜明，言浅意深，语气顺畅，节奏明快，感情丰富，富有时代的感召力。时至今天，一些老人还能全篇背诵。

高孤雁的诗词，凝聚着革命者的血泪，悲凉激越，显示出其“乱世”“孤雁”特有的诗风，寄托着进步青年忧国忧民的情怀，抒发革命者如火如荼的革命热情。如《再把乾坤整》《告劳动者》《慰越南同志邓君师墨》《和春泥诗意》等，都是感情激越的诗篇。《再把乾坤整》一词是高孤雁在纪念辛亥革命十二周年时创作并教学生唱的：

帝子业空，奴隶梦醒，倒威权，革命奏功勋。数年华十二春秋，江山依旧锁愁云。往事如尘，那堪凭谁？待吾侪再把乾坤整。此是男儿本性，爱国精神！

与《告劳动者》一样，它是一首富于鼓动性的歌曲，唱出了时代的最强音。“待吾侪再把乾坤整”，体现出他伟大的抱负、宽广的胸怀。

《革命之花》杂志

红色人生

高孤雁，1898 年 10 月 27 日出生于龙州县下冻圩一个贫困家庭，父亲以担盐零售为业。他 3 岁丧父，家道艰难，靠母亲加工谷米贩卖的微薄收入维持家庭生活。1916 年秋，他考入镇南道中学，1919 年五四运动爆发后，开始阅读进步书刊，接受新思想的熏陶，萌发了改造世界的革命思想。

1923 年上半年，高孤雁在下冻小学任教时，提倡新文化、新思想，号召师生订阅中共刊物《向导》《新青年》《中国青年》等，以这些刊物的宗旨为指导思想自编教材，对学生进行革命启蒙教育。

1924 年，他在赤光小学办了高三班、特别班各一期，招收家境清贫的高小毕业生免费继续就读。特别班每人都订阅《向导》《前锋》《新青年》《中国青年》等中共出版的刊物。他还从《向导》《新青年》里面选择一些优秀的革命诗文作为教材，给学生讲授《共产党宣言》的基本观点。后来，这些学生大多数参加了第一、第二次国内革命战争。

1924 年 12 月，高孤雁开始与青年运动的先驱、《中国青年》的主编恽代英写信来往。在恽代英指导下，他在下冻组织了以研究马列主义、探讨革命理论为目的的读书会，学生的政治觉悟得到较快提高。1925 年，高孤雁加入了中国共产党。

1926 年 4 月，高孤雁受党的派遣回南宁在黄日葵主办的《革命军人》杂志社任职，后又任广西省政府主办的刊物《革命之花》编辑兼撰稿人。在此期间，高孤雁充分发挥自己的特长，先后发表了《这倒把我赶上革命的战阵》《并非闲话》《反唐运动与滇桂人民的出路》《废除娼妓运动》等文章，猛烈抨击帝国主义对我国的侵略和北洋军阀对人民的黑暗统治，与国民党的反动言论及各种错误言行做斗争，鼓动人民大众起来进行反帝反封建的国民革命。后来，他和当时中共广西省委筹备小组成员陈勉恕、中共南宁地委书记罗少彦一起领导了南宁工人运动，积极发展中共党员，办工人运动讲习所，还经常到讲习所做政治时事报告和讲课。

1927 年 3 月，高孤雁任中共南宁地委创办的革命文艺杂志《杜宇》的主编。他在杂志上撰文呼吁“文坛上、社会上被压迫的朋友”，来到“这个四周都是残山剩水的废园来，来一致呕出我们没地挥洒的热血罢”，号召被压迫者，觉醒起来，团结起来，行动起来，向压迫者宣战，改造这令人悲苦的世界。

在 1927 年“四一二”反革命政变中，高孤雁在南宁被捕入狱。在国民党第七军总部设的一个牢笼里，高孤雁和其他被捕的几十名英勇的共产党员、共青团员和革命志士，把这人间地狱当作磨炼革命意志的战场。他们把狱中的日子戏称作“春宵”，一面和敌人做斗争，一面学习、写作。高孤雁写了《读鲁迅“呐喊”四首》《中元节》《和春泥诗意》等诗词，将高尚的革命情操、强烈的爱和恨铸入诗篇慰勉战友。是年中秋节，他们在狱中举办了一个诗歌朗诵会。战友们首推高孤雁上场。他的绝句“此身已拼死千场，只念苍生不忆乡。长夜漫漫囚五尺，解嘲犹自作诗狂”，被大家评为第一。中秋节月圆之夜，狱中各监房都用月饼做奖品，奖给对联做得好的同志。高孤雁出的上联是“百二日来如大梦”，张胆以“十三朝后是中秋”为下联获得了冠军。为防避敌人搜查，他们分别以周昌、荣华、燕儿、春泥的化名写诗。高孤雁在《和春泥诗意》（之一）中写道：“头如蓬葆尤堪掷，足有旋轮未善弛；抽尽酒肠倾尽泪，落红准拟化春泥。”该诗充分体现了诗人不怕牺牲、勇于为革命献身的崇高精神。他还创作了不少“手绢诗”和其他诗作，交给朋友保存。

1927 年 9 月 26 日，高孤雁等 13 位英雄面对屠刀，高呼“共产党万岁”的口号走向刑场。他牺牲时年仅 29 岁。

朱锡昂

共产主义一定要实现

朱锡昂（1887—1929）

广西博白人。广西早期党组织的主要领导人之一。1925 年，加入中国共产党。1926 年春，建立中共玉林支部，任支部书记，后任中共广西特委书记、临时省委主要负责人等职。1929 年 6 月，在玉林被捕牺牲。

书简原文

给中央巡视员和广东省委的信[①]

——广西临委第二次被破坏和各县工作情况、对省委的要求

中央巡视员和粤省委：

我现在把临委机关第二次被破的情形和我在那时以后的工作经过报告如下：

一、广西临委第二次被破情形

一九二八年十一月二十九日机关被反动派冲入，当场捕去同志陈启东等二人。我与聂根[②]、邓拔炎（奇）同志临时逃出，李达求[③]同志因此失迹(想是再走入楼下以致被捕)。所有存留之文件，一概失去，计最重要者为，六次大会决议案，中央组织科印发的秘密工作常识，中央六十一至六十五各号通告，临委九月常委扩大会各决议案。至经济损失，也在桂币五百元以上（因还没有决算，所以确数不

① 摘自《党的创建和大革命时期的广西农民运动》，中共广西壮族自治区委员会党史研究室编，广西人民出版社，2003 年版。

② 聂根，中共广西临时省委委员。

③ 李达求，即李铭，广西平南县劳五区农军队长。

能知道）。

二、机关被破的原因

我们迁入该处住宿，还不满一个月，即同志们亦不许知道（除原在该处住宿之同志外），我们事前实料不到会被敌人破获如此之速，就现在也想不出怎么会被破。兹只就目前猜想得到的原因写出如下：（1）自梧州第一次机关被破后，反动派即在监狱内释出昌景霖，令其下梧侦察我们的行动。他——昌景霖——曾在街上碰见拔炎（奇）一次。又在机关第二次破获之前一日——28日，我们得到报告说，国民党市党部某日开会，曾决议要总动员去侦辑（缉）拔炎（奇），因为他们已知道拔炎（奇）再回梧了。但据拔炎（奇）说，他出入该店时曾加注意，并没有人跟着他及看见他。那么，这个或不是被破原因。（2）因为我们没有别的机关，所以除了预备作店员的同志外，还有别的负责同志也在这里住，将近要被破那一两天，我们的确每餐都有七八人同桌吃饭。这么小的饭铺，实在用不着这么多人，或者因此便招人疑惑。（3）我们搬进店里许多（久）（差不多一个月），因为找伙伴没找齐，还没有开始做生意，这亦是令人怀疑的地方。

三、机关破后工作之分配

机关破后，我们已找不到别的地方住宿，于是当晚——29日晚——决议分散：拔炎（奇）同志回怀集，由怀集往贺县、钟山而桂林而柳州，一路巡视指导；我赴玉林，担任巡视玉林、北流、陆川、容县各处；聂根同志则暂回港，约董钟（铨）汉同志一同上来。又因为反动派占据我们机关后，即留下几个西装侦辑（缉）住在那里，外面店门虚掩，我们诚恐钟（铨）汉同志回时会闯进去，于是给杨楷章[①]同志下港通知他，一面又嘱聂根到三水逗留几日，凡遇港梧轮船上至三水时，即上轮船靠撞见钟（铨）汉，告以这事。当时因为（没）有地方写书面报告，只得嘱楷章、聂根两同志向你们作口头报告。当时我们的主意是，叫聂根偕钟（铨）汉上来，到梧州时即将从前拟设之理发店建立起来，一则做我们的交通机关，二则借此做我们再在梧建立临委的基础。而钟（铨）汉、聂根则赴玉林，拔炎（奇）亦由

① 杨楷章，中共党员。

柳州经贵县至玉林集会，暂在玉林设立临委办事机关。

四、我离梧后工作的经过

我于去年11月30日离梧，12月2日抵北流，5日抵玉林。计先后在玉林参加过县委会议两次，在北流参加县委会议一次，并在北流开过两次农民干部同志训练班，到陆川一次，容县则因县委书记及县委委员一人到北流，已与之详细谈话，所以没有前去。

……（编者注：第五、第六点未写明）

七、我这次来港的动机

因为不见董钟（铨）汉同志回去，且听说他已被捕，前日北流有人来港，我曾做一信交其带来，是托由俞作柏转交黄之仁同志，外面写着是请之仁向粤省委在广西党费内拿港币百元还给俞作柏，而我致粤省委的信，是写在信封里面（这个方法，我曾告诉过黄钊①、陈郁②两同志的）。内容是说：请粤省委速派聂根或其他同志到北流，何以总不见粤省委答复（信内有通信处及接头地址）？候了许久，款已用罄（且在北流借了百余元）。而临委机关第二次被破，适在粤省委交通机关迁移之时，没法得到以后的通信地址，所以只得自己来走一遭。

① 黄钊，1928年至1929年任中共广东省委常委书记。
② 陈郁，1928年任中共广东省委常委，东江海陆丰巡视员。

八、我的意见和要求

A. 听说这里已派人上梧建立机关，这是必要的。同时我并主张南宁和柳州都要派人上去恢复和新建立机关，因为梧州是广西的交通和工商业中心，柳州是广西工业的新中心，南宁则为广西政治军事的中心，以后要极力注意这三个城市。

B. 但是梧州在这个严重取缔住户和商店的情形之下，我敢说决不能一下子将临委应备的机关都建立起来，在目前至多只能找到一个机关，印刷工作还没有设法开始。印刷工作没法开始，即不能普遍指导各地的工作。而且现在我们所开之商店，也只能限于小商店，临委负责人统统住在那里，也是不妥当的。依我的意见只留一个书记，一个负责梧州工运的同志，一个秘书（或由书记兼负责工运）便够了，其余的人，应分配到各地工作。就是印刷机关，也不宜等到梧州机关建立完全之后，再开始工作。驻梧机关只担任各地的个别指导（如复各地的信，这可无须印刷）和分配调动人才，宣传印刷机关可暂移至北流，因为北流已着手准备这些地方了。

C. 将来如梧州有建立多数机关之可能，即将整个临委迁回梧州，否则便整个移往柳州去，而设一个交通机关在梧州，以和中央及粤省交通。因柳州在地点上居广西的中心，而在产业上又是广西的工业中心。

D. 梧州的工运，应在硫酸厂、纸烟制造厂和火柴厂三个工厂着手，将来如可派人进去做工时，粤省委必须供给此项人才。关于柳州也应如此。

E. 现在要求粤省委供给广西几个干部人才，派赴下列各地：南宁、柳州、贵县、玉林、北流。

F. 请粤省委派两个兵运同志到南宁、玉林去当兵，去玉林的以能讲此话的为较好。

G. 北流与南路之廉江、信宜毗连，请粤省委给我们以南路或该两县的接头地址，以便农运工作的彼此联络。

H. 自临委机关二次被破后，一切文件都已失去，所有六大会决议案及中央第六号以后的通告，请粤省委给我们一份，最多（好）能够多给些（因为我们刻下没有印刷机关，不能印发各地）。

锡 昂

27/1[①]

① 日期为1929年1月27日。

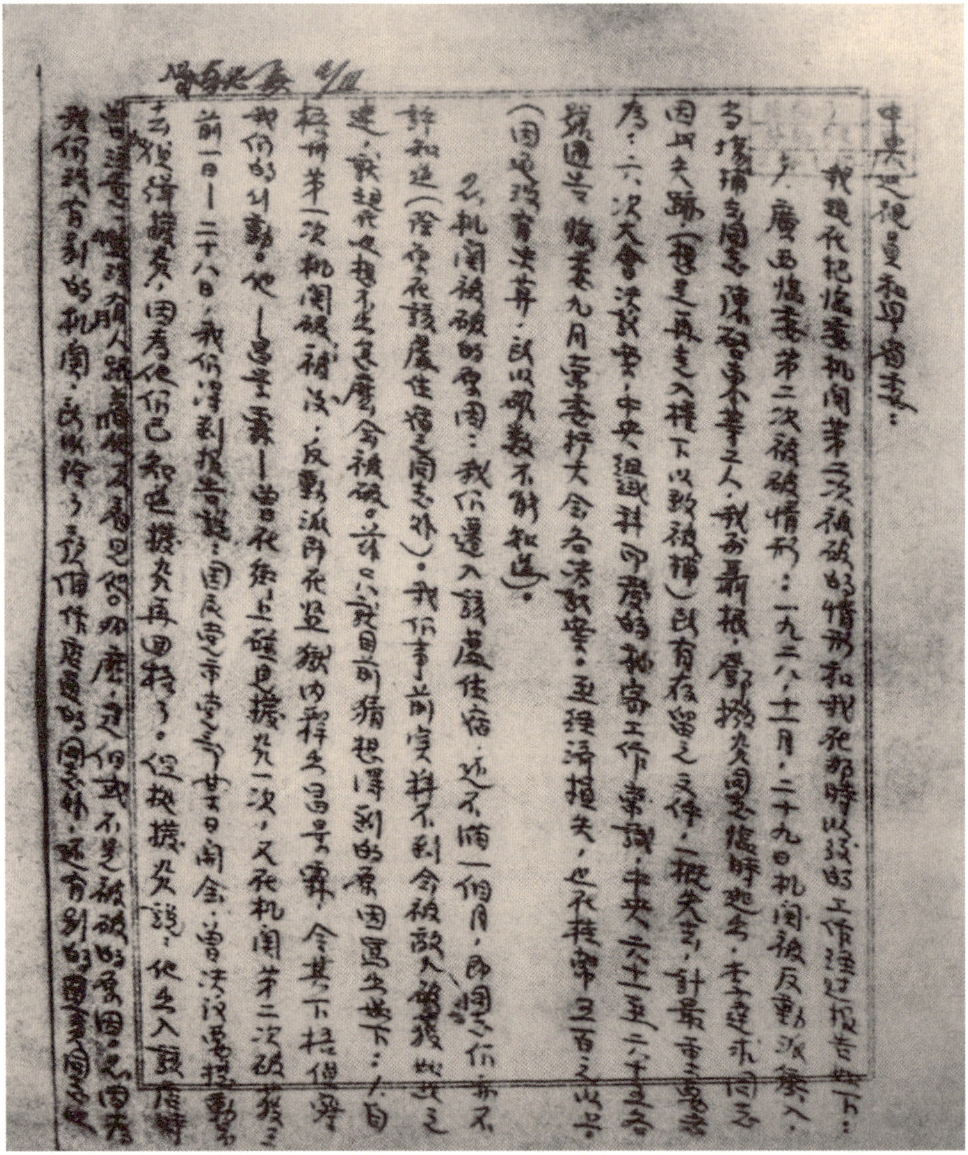

中央巡視員和平省委：

我現在把臨委机關第二次被破的情形和我那時以後的工作經過報告如下：

1、廣西臨委第二次被破情形：一九二八，十二月，二十九日机關被反動派襲入，当場捕去同志陳××等之人，我和××、鄧××同志臨時逃出，李××同志因外出歸（後是再去入捕下以致被捕）。所有存留之文件，一概失去，計最重要者為：六次大會決議案，中央組織科印發的秘密工作常識，中央六十一至六十三各號通告，臨委九月常委擴大會各決議案。至經濟損失，也在二三百元以上（因沒有決算，所以數不能知道）。

2、机關被破的原因：我們遷入該處住宿，還不滿一個月，即同志們亦不許知道（除住在該處住宿之同志外）。我們事前實料不到會被敵人偵獲此處之地址。我現在也想不出怎麼會被破。茲只就目前猜想得到的原因寫出如下：1、自梧州第一次机關破獲後，反動派在監獄內釋出曾××，令其下指偵察我們的行動。他——曾××——曾在街上碰見××一次，又在机關第二次破獲之前一日——二十八日，我們得到報告說：國民黨市黨部××日開會，曾決議要捉××十六個負責人，因為他們已知道××再回梧了。但××說：他未入該屋時……

朱锡昂手迹

书简解读

1928年9月，中共中央致广东省委的信《关于建立广西临委》中提出，“中共中央决定广西党部改组成临时省委，直属中央管辖”，因临委书记未到职，朱锡昂暂时负责领导临委的工作。同年10月、11月，广西临委机关两次遭到敌人破坏。这封书简是广西临委机关第二次被破坏后，朱锡昂到香港，给中央巡视员和广东省委写信，汇报了广西临委机关第二次被破坏的情况，并分析了遭到破坏的原因，为恢复和新建广西党组织提出了意见和建议。

从书简中，我们可以看出，在革命斗争遇到困难的时候，朱锡昂用实际行动彰显了对党的忠诚和对共产主义事业的执着追求。朱锡昂的一生是短暂的，但他为民族的解放、为共产主义事业英勇奋斗、不怕牺牲的精神是永存的。

红色人生

朱锡昂，1887 年 4 月出生于广西博白县一个教师家庭。他目睹清王朝的腐败，从小就怀着读书救国的理想。在校读书期间，朱锡昂积极参加救国运动，并加入同盟会。1907 年，朱锡昂进入广东高等工业学堂学习。

1911 年 4 月 27 日，同盟会在广州举行黄花岗起义。朱锡昂秘密组织一批学友，配合黄兴率领的队伍袭攻两广总督署，后又奉命担任外地会员队伍的向导。

1912 年，朱锡昂从广东高等工业学堂毕业回到家乡，1912 年冬，当选为广西省参议会参议员。1913 年秋至 1914 年，任南宁府立中学校长。1915 年 2 月至 1916 年 2 月，任广东怀集县中学校长。1915 年 12 月，袁世凯称帝时，朱锡昂愤然投笔从戎，参加讨袁护国军。1920 年任广东省郁南县知事。

1921 年，伟大的中国共产党成立，马克思主义进一步在中国的广泛传播让朱锡昂看到了救国的希望。因此，他于 1922 年决然辞去广西省议会秘书长之职，返回故里，偕同妻小住在博白县城，深居简出，悉心研读革命理论书籍，研究中国历史上农民起义和日本明治维新的经验教训，探求中国的出路。

1928 年秋，中共广西特委、临时省委机关旧址（今梧州市民主路东 1 巷 5 号）

1923 年，朱锡昂回到玉林担任广西省立第九中学（前身为玉林五属中学，现玉林高中）校长。为与污浊的官府划清界限，他多次拒绝广西当局要他出任省课吏馆长、教育厅厅长、政务厅厅长的邀请。由于办学成绩卓著，1924 年 11 月，他被选派赴日本、菲律宾考察教育。留日期间，在中共留日学生支部的启发帮助下，朱锡昂抛弃了教育救国的空想，决心从事革命斗争，并于1925年初在日本加入了中国共产党。同年3月，他回到玉林，继续从事教育工作，宣传马克思主义，开展革命活动。

1927年4月，以蒋介石为首的国民党露出了反革命的真面孔，大肆逮捕、杀害共产党人和革命群众。朱锡昂不得已离开了玉林，前往上海寻找党组织，后根据党的安排，他先后到武汉、广州、香港等地从事革命活动。1927年12月，朱锡昂同陈勉恕、俞作豫等返回广州，参加广州起义。

1928年春，中共广东省委派朱锡昂等人回广西，整顿和恢复党团组织，发动群众成立劳农会，组建工农武装。

1929年夏，朱锡昂在玉林酝酿武装暴动。他制定了周密的暴动方案，并亲自撰写宣传资料。1929年6月2日夜，朱锡昂和王懿仁等同志在新桥榕木根村先后召开劳农会新会员会议和暴动骨干会议，加强对新会员的教育，研究发展党员以及武装暴动计划的实施问题。然而，由于一个被敌人收买的新会员告密，玉林县长唐朝绳当晚命人包围榕木根村。6月3日凌晨，朱锡昂发现敌情后，立即妥善地处理好文件，并迅速组织队伍突围。由于他戴了一副近视眼镜，引起了敌人的注意。在危急关头，他果断地命令同志们分头突围，自己留下殿后。同志们成功突围，而朱锡昂落入了敌手。

在狱中，玉林县长唐朝绳威逼利诱、严刑拷打，想从朱锡昂的口中套取我党地下组织的秘密。然而，朱锡昂义正词严地说："共产党人是捉不完杀不尽的！共产党必然胜利，共产主义一定要实现！"唐朝绳面对铁骨铮铮的朱锡昂，瞠目结舌，恼羞成怒。6月8日深夜，朱锡昂在敌人的屠刀下英勇就义。

"血洒玉林，芳流千古；功高八桂，痛切同侪。"这是我党地下组织祭奠朱锡昂烈士的一副挽联，它充分表达了党和人民对朱锡昂烈士深切的怀念之情。

践行使命

“初心让人激动，使命促人行动。”“共产党人肩上担子重，脚下步子稳。”初心不可改，伟志不可移。实现中华民族伟大复兴的中国梦是中国共产党与生俱来所肩负的庄严使命。100年来，理想不灭，信念永续，使命召唤一代又一代中国共产党人不忘初心、接续奋斗，战胜千难万险，攻克层层关隘，创造了一个又一个彪炳史册的人间奇迹。在百年的历史长河中，一代代中国共产党人为实现国家富强、民族振兴、人民幸福，不断奋斗前行。从执政中国的“赶考”，到发展中国的“赶考”，再到民族复兴的“赶考”，习近平总书记多次引用“赶考”的说法，激励党员干部担当使命、砥砺作为，在新的“赶考”中交出更加优异的答卷。

“常思奋不顾身，而殉国家之急。”如“对党忠诚，勇于担当”的邓拔奇、“农民的呼声正在叫着我哩”的廖梦樵、“天将降大任于斯人也”的龙业肃等优秀共产党员，他们坚持理想，磨炼品质、塑造价值，创造出经得起实践、人民和历史检验的实绩。

邓拔奇

对党忠诚　勇于担当

邓拔奇（1903—1932）

广东怀集人。1924 年加入中国共产党。曾任广西地委委员、书记，广西特委书记，广西临时省委负责人，两广省委巡视员等职。是中国共产党在广西的早期组织者和主要领导者之一。1932 年 10 月，在广东东江大南山战斗中壮烈牺牲。

书简原文

致中央信①

——广西目前城市状况设置党的机关意见，经费预算

一、目前城市的状况：广西较大的城市如梧、邕、桂、柳各处，与沪、港的情况不同，市区很小，人口稠密，又不算复杂。去年九月已办过户口调查。照警律规定，无论商店，住户增减人数均要先报警区，即平时来往留宿一二晚的客人也要报告。警戒较为松懒的时候，虽没有严厉的查察，但现仍每月由警局按户盘查一次，询以人数与职业等事。今年七月起，又已实行五家联保法，租屋更加困难。现虽未有联街自卫队等组织，但军警的巡察是较严密的。到了严重的时候，也有封锁港口、全城包围按户搜捕的可能。如去年九月，梧、邕、桂、柳、桂平各处，均经一度全城严厉的搜捕。十二月广州暴动的时候，实行在梧州封锁起来，凡往来进口出口之旅客，均需铺保方准通过，否则原船送回。所以在这些城市没有职业，租屋和久住都是困难的。

① 根据文件内容推测，此信写于 1928 年 9 月 9 日。摘自《缅怀邓拔奇》，中共怀集县委党史研究室编，广东人民出版社，1993 年第 1 版。

二、建议不妥和工作的影响：去年九月以前我们在梧州只有三所“不伦不类”的住宅，南宁仅一所而已。九月初南宁被破获，捕去负责同志一人，女同志一人。接连梧州又破获一个，捕杀了地委委员廖梦樵、黄士韬及女同志共五人，余均动摇。桂平、江口也被捕杀通信员一人。自此以后，我们在城市的机关已完全没有，各地交通也完全断绝。因此，南宁、桂林、柳州及田南道一带的同志，无法与党接头。党派人去也找不得，工作停顿了八个多月。那时地委移到平、桂的农村去，仅能恢复五县的工作。到了今年四月厉行清乡，各县工作均受摧残，特委也不能立足而搬到别处去。因没有健全的通信处，与各县的联络又告断绝。同志又逐渐离散了。我来的时候特委尚是仅有两个机关，也不算健全，较固定的通信处、接头、开会均没有适当的地方。南宁、桂林、玉林各处，则一点尚未有。因此，我们认为机关的设置与交通的组织不健全与全部工作的影响，是有很大关系的。

三、我对于今后设置机关在原则上应注意的几点意见：

（1）应尽可能办到用小商店的形式和建立在有职业同学的家中。

（2）地方要小而多。

（3）与各县的通信处或接头处，应要划区分设。

（4）尽量减少出入的人数。

（5）务使各个机关不发生连带的关系。

四、对于今后设置的计划：

（1）省委所在地要有办公处、通信处、印刷处各一个，与各县接头处两处，负责同志住所两个。

①办公处、通信处用小商店形式（设于同志的家中现无可能）。

②印刷要独立设一所。

③各县接头处找两个同志在交通较便的地方，租摊位做小贩。

④开会常委可在办公处，其余则另找适当地点。

（2）每个县委时时直接派人来省委报告和独设印刷机关，就目前的状况，人力、财力都感困难。拟在各巡视区的中心地点即南宁、桂林、柳州、玉林、桂平、百色各大城市设一交通处，专理转达省委的通告、各县委的报告及翻印分配各种宣传品，以期交通的灵敏与宣传品的增加与输送的便利。机关仍需用小商店的形式（印刷或分设于附近农村）。

五、经费预算：特委对于建立机关、开办何种商店及预算尚未有详细规定，通过要求中央发给一千元建设费时，只是预定支配如下：

（1）特委本身通讯、办公、机关营业费，约共六百元（营业人已找得两个曾做过商业的同志担任）。

（2）邕、桂、柳、玉、桂平、百色共计营业费四百元。

现我根据以上的意见，作一简单的预算给中央做审核的标准：

（1）省委办公处、通信处营业费每间（假定是做小杂店或小杂货店）二百八十元。

计分：修置费（柜面、货架、椅桌、床铺、餐具修饰费）七十元。

资本二百元。

经常费：每月算铺租二十五元，两个人的生活费十五元，杂费五元。

三项共四十五元（此项入经常预算开支或由盈利维持可不计）。

两间修置费及资本共五百四十元。

（2）省委所在地与各县接头小贩两人（假定做洋杂摊或卖新衣），营业费六十元（每人三十元）。

小贩须自行维持（他的膳宿费）。

（3）桂林、南宁、玉林、桂平四个交通处即要设立，共需四百元（每处一百元）。（此等交通处也用二人已够，一人专理营业，一人主持内部工作）。

合计共需一千元（以大洋计算）。

六、附说：九月四日我关于经费问题致中央的信，请在特费项下增加弥补的理由是：

（1）七、八月虽已过了，用去经费多少，决算如何，我尚未知。但已是预备依预算去布置、去支配的。

（2）特委仅收到由粤委转六月份经费三百元，这两个（月）为维持并扩大工作起见，中央的经费虽未交来，但特委是准备特委本身的经费，由负责同志设法筹借。我来的时候正是七月下旬，已由朱同志写信到香港向他的友人借了二百元。八月份借入多少，我现在不知。我离桂省以前，特委预定津贴各县的费用，是无法发给，只有着其自行筹借，俟特委领到经费，然后补发。但现在是否筹得款项依工作计划去布置，或因经费拮据而工作停滞起来，如何我尚未知。

如确已借来用了，特委同志借来的固要偿还，各县津贴也是要补给的。

（3）天气渐寒了，工作同志多是没有被服，每人必须给些被服费，这种特别费也是急需而且不少的。此点我在信上已说及，也曾向罗同志谈过。因此我请中央批准特委的预算，自七月份起照发。如果中央碍于以前的规定，则请变通在特费方面增加二千元，以弥补七、八、九三个（月）的经费及为同志冬季被服的费用，仍请把这预算提出新中央批准，以后照给。倘中央认为现在没有确数不能照拨，仍请中央俟有决算来时按数补给。

扫码聆听　书简诵读

怎样做一个好的共产党员①

共产党员是无产阶级的先进分子，工农群众的领导者，一切思想言论行动应该成为群众的模范，应要具有以下的条件：

（一）要确定革命的人生观：即是要确定以革命为自己终生的事业，要有始终忠实为无产阶级的利益、为实现共产社会而奋斗的决心！做成一个革命职业家！

（二）要认定革命的利益高于一切，党的关系比任何个人的家庭、宗族、亲戚、朋友的关系更深；要有牺牲一切为党工作的精神。要有正确的亲爱的同志关系。

（三）一切思想必要无产阶级化：即是要以无产阶级的思想为思想，无论何时何地一言论、一举动都要站在无产阶级立场上来出发，排除一切非无产阶级的意识！

（四）要努力学习革命理论，经常研究以至彻底了解共产主义、党纲以及一切党的策略，要不忘列宁的遗训，在“工作中去学习，在学习中去工作”，提高自己的政治水平与工作能力！

（五）要有明确的坚定的信念去切实执行党的策略。

① 原件存于广东省档案馆。

（六）要自觉地绝对遵守党的纪律。

（七）要有自动的、积极的、刻苦耐劳的工作精神，绝不避难而趋易，造成一个积极勇敢的不屈不挠的顽强的战斗员，深入群众中去活动，领导群众去作革命的战斗。

（八）要有责任心无名誉欲，困难不让人，成功不自居，真实的认定革命是自己的、唯一的任务！

同志们！一致积极起来在艰苦的革命斗争中努力将自己锻炼成一个健全的共产党员，完成我们伟大的战斗任务！

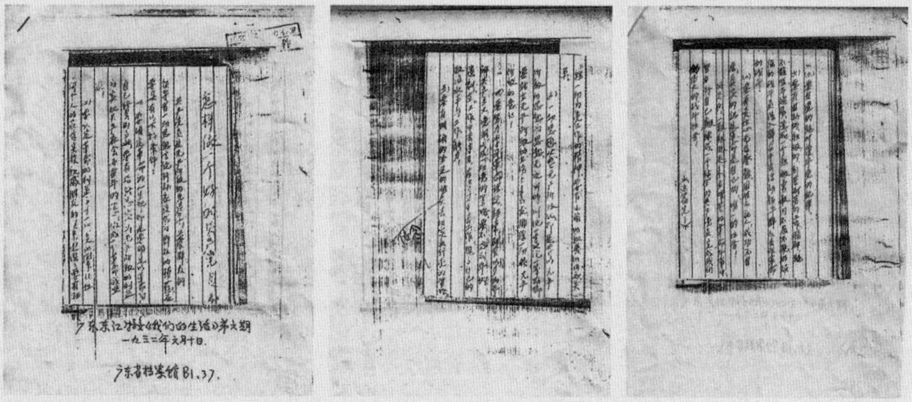

邓拔奇手迹

书简解读

1928年8月，时任广西特委委员的邓拔奇赴上海向中共中央汇报工作。由于当时广西党组织仍属广东省委领导，很少得到中央的直接指示，而广东省委又无暇顾及广西，因而影响了广西工作的开展。为有效改善广西革命工作，根据邓拔奇提出的建议，中共中央决定将广西特委改组为广西临时省委，直属中央管辖。根据中共中央的指示，邓拔奇于9月返回梧州，秘密开展组建广西临时省委的工作。

9月9日，邓拔奇向中共中央写了《致中央信》，简明扼要地分析梧州当前的形势，并对接下来的工作提出了许多改进意见。他对梧州当前的严峻形势有着清醒的认识，在信中提到：1927年9月梧州一度开展全城搜捕，12月广州起义期间又被封锁，凡往来进口出口之旅客，均需铺保方准通过。自1927年9月，国民党当局规定“无论商店，住户增减人数均要先报警区”，1928年7月起又实行五家联保法。当时军警巡逻严密，每月按户盘查一次。据此，邓拔奇对现状做出了客观的判断，认为“没有职业，租屋和久住都是困难的”。

然而，困难并不能将邓拔奇吓倒。他认真分析了党在梧州活动的情况，统计了1927年9月以来，我方人员的损失情况，敏锐地意识到自此党在广西城市已无机关，各地交通也完全断绝，冷静地做出判断：机关设置与交通组织的不健全对广西整体工作有着很大的影响。据此，他总结经验教训，在信中对党的机关设置和交通工作提出了重点改进意见，结合国民党监管盘查严密的实际情况，提出设置机关的原则。

接下来，邓拔奇还对今后的机关设置做出规划。最后，他对经费预算做了进一步的说明。

在邓拔奇等中共党员的共同努力下，广西临委于1928年9月下旬正式建立，机关设在梧州。由于中央指定的临委书记王强亚未到职，临委委员朱锡昂与邓拔奇成为工作的实际主持者。临委的主要机构有秘书处、通信处、联络处、印刷处，在设置上大量参考了邓拔奇在信中所提出的意见。由此可见，邓拔奇富于革命实践经验，他的意见适应当时严峻的广西革命形势需要，具有实用性，对当时广西党组织和党员在敌人的白色恐怖中开展工作起到很强的指导作用。

《怎样做一个好的共产党员》是邓拔奇在 1932 年 6 月 10 日发表在东江特委的机关刊物《我们的生活》第六期上的一篇文章，由广西壮族自治区党委党史研究室从广东省档案馆搜集得到。当时，邓拔奇任中共东江特委组织干事和秘书，参加东江特委《东江红旗》《我们的生活》等机关刊物的编辑工作，在刊物上发表了多篇文章，其中便包括了《怎样做一个好的共产党员》一文。文章运用通俗易懂并具明显时代语境的语言，阐述了“一个好的共产党员”的标准。

全文言简意赅，读后使人倍受鼓舞。文中提出的“好的共产党员”与今天强调的“合格的共产党员”实为同义，说明中国共产党自建党开始就有了合格党员的标准和做合格党员的要求。随着我们党的理论不断成熟和实践的不断丰富，随着党员队伍的不断壮大和党员素质的不断提高，随着党的建设不断加强和党的工作经验的不断积累，合格党员的标准内容也不断得到丰富和充实。

红色人生

邓拔奇，1903 年 6 月生于广西怀集县（今属广东省）甘洒乡高富村一个殷实之家。他在中学时代即投身五四运动，参与发起成立中华民国学生爱国总会怀集分会，开展反帝反封建斗争。1922 年秋考取厦门大学法律专业。在校学习期间，与雷经天等人开展学生运动，研读马克思主义理论书籍，接受共产主义的熏陶。1924 年秋加入了中国社会主义青年团，同年冬转为中国共产党党员，在共青团广东区委工作。

1927 年 1 月，邓拔奇受中共广东区委委派，与廖梦樵一起潜赴梧州，恢复被破坏的中共梧州地委，任梧州地委委员。同年 4 月，“四一二”反革命政变爆发，国民党在全国范围内对中共党员和革命群众展开血腥屠杀和残酷迫害。大批中共党员和革命群众被捕牺牲，各地党组织遭到严重破坏，全国革命形势极其严峻。在白色恐怖中，邓拔奇与许多中共党员冒着生命危险，为恢复和开展党在广西的工作四处奔走。同年 5 月，邓拔奇与廖梦樵等人在梧州组建了中共广西地委，邓拔奇任广西地委委员兼共青团广西地委书记。此后，邓拔奇长期奔波于梧州、桂林、柳州、南宁、玉林等地，为加强广西地委领导、整顿恢复广西各地党组织做了大量工作。他性情坚忍，对革命工作认真负责，秘密行动在国民党势力盘根错节的城市和乡村，执行党的命令，打开工作局面。

1927 年秋，邓拔奇与廖梦樵贯彻中共中央八七会议精神和中共南方局指示，召开广西地委委员扩大会议，决定在梧州、苍梧、桂平、平南等地举行中秋起义。由于叛徒出卖，在起义前夕的 9 月 7 日，国民党袭击了广西地委和梧州总工会机关，逮捕廖梦樵及革命群众 100 多人。邓拔奇紧急转移，辗转来到桂平农村，于同年 10 月重建中共广西地委，任地委书记。11 月 26 日，中共广东省委指示广西地委发起暴动，策应广州起义。广西地委制定了广西冬暴计划。邓拔奇认为党在广西所领导的力量还相当薄弱，强行进攻城市只会遭受失败，于是把工作重点放在农村。他派遣各委员深入农村，吸收农民骨干入党，充实党的各级机构。

1928 年 1 月中共广西特委成立，邓拔奇任特委书记。在他的带领下，平南、桂平、贵县部分农村相继建立了农民自救团和农民赤卫队，党员发展也较为迅速。

1929 年 2 月，邓拔奇赴苏联莫斯科中山大学学习。百色起义爆发后，党中央电令邓拔奇回国到香港参加广东省委工作。邓拔奇抵港后，在香港油麻地上海街建立了广东省委指导广西工作的联络机关，为左右江革命根据地做了许多工作。

1932 年秋，敌人对大南山苏区“围剿”愈加频繁，国民党军队每天兵分多路围山搜索，用尽各种手段，对每一条山路、每一个山坑石洞、每一个村庄反复搜查。他们大肆焚烧村庄，残酷杀害共产党员和革命群众，使我方武装力量和人民群众遭受了莫大的损失。东江特委机关一天被迫转移好几个地方。

1932 年 10 月，东江特委连续收到广东省委的两次来信和中央的一次指示信。尽管当时处境极端艰险，东江特委还是决定召开常委扩大会议贯彻上级指示，部署工作。9 日晚，特委转移到普宁县田墘村（现惠来县林樟村），准备在 10 日召开特委扩大会议。不料，10 日早上 7 时半，田墘村突遭敌人四面包围。特委机关目标暴露，警卫战士拼死抵抗。邓拔奇等紧急指挥突围转移，并销毁手头上的文件。由于敌人人数众多，虽奋力突围，但终因寡不敌众，除少数人脱险外，东江特委负责人邓拔奇、杨善南、张先等壮烈牺牲。邓拔奇牺牲时年仅 29 岁。

李植华

农民甚为欢喜

李植华（1906—1930）

广西岑溪人。1925 年，参加广州农民运动讲习所第五期学习，同年加入中国共产党。后被党组织派回广西开展农民运动。1927 年 9 月，被国民党逮捕。1929 年，出狱后被派往右江地区担任凤山县县长。1930 年初，在凤山盘阳战斗中牺牲。

书简原文

扫码聆听　书简诵读

致三兄书①

三兄手足：

来信我已收到，弟此次来凤，行程匆促，当离邕时，没有给信与兄，愧甚念甚！

今接兄函，知道家中一切情况，不胜欣喜。现弟身体安好，凤山地方亦已平靖，请勿挂念。

我此次由邕来凤，因带有警兵二十名，所以用费颇大。霭民兄亦曾同弟来到凌云，后因土劣及团匪等在路上阻抗，他就回（百）色，现系在红军第七军部当庶务，我近接他由（百）色来函，知他身子也好。

凤山人民贫苦，交通不便，县城居民甚少，比价岑城尚且不及，现县政府内经费困难，近日正设法征收粮赋，但因农民已受劣绅摧残，很多都是无法完纳。

现凤山农民多已组织农会，劣绅土豪已被农军打倒，我到任后，经已拿了几个土劣，农民甚为欢喜，对我也很

① 原件藏于广西壮族自治区博物馆。

信仰。

我此次带来职员甚少，秘书亦我兼任。近日虽无甚么麻烦公事，但我见凤山如此交通不便，近欲辞职回（百）色，另做别种任务。

家乡如何情形？自后如有来函，请为道及。没了，容后再谈，此祝

全家快乐平安　母亲大人福安

五弟叩

中华民国十九年一月二日灯下

你最后的信，我留为纪念了。直卿注

书简解读

此信为红框竖行信笺，上方印“总理遗嘱”，右边印“革命尚未成功，同志仍需努力”。在李植华信中主要叙述了自己1929年10月就职凤山县县长前后的情况。

1929年10月下旬，广西省府派20人护送李植华同志由百色经凌云县来凤山。当行至凤山县城附近的巴旁村弄林屯时，遭到凤山民团头子韦锦开率领民团阻击。李植华见势不妙，即率队退到平乐区与当地农军负责人黄伯尧等同志联系，做再次入凤山的准备。

11月，李植华在平乐区与黄伯尧、李天心等同志商量，对护送他的武装分队进行整顿。而后又派李天心带50多名农军战士前往百色领得一批枪械，充实和加强平乐区的农军力量。在平乐期间，李植华还跟韦拔群、黄明春、廖源芳、黄文通取得联系，并一起制订了农军解放凤山县城的计划。

12月8日，李植华、黄伯尧指挥平乐农军为一路，廖源芳指挥长里农军为一路，黄文通、黄明春指挥本农区及盘阳农军为一路，分别从橙子坡、坡雄堡、太平三个方向对县城发起总攻，敌人见农军来势凶猛，打了一阵就向芝山区败逃。凤山县城第一次获得解放，李植华就任县长。

县城解放后，李植华立即着手巩固革命政权的工作。他首先召开县城的群众大会，恢复凤山农民协会，兼任农会主席。信中指出：“现凤山农民多已组织农会，劣绅土豪已被农军打倒，我到任后，经已拿了几个土劣，农民甚为欢喜，对我也很信仰。”为了打击敌人的骚扰和破坏，巩固革命政权，李植华和其他同志一起动员群众参加农军，扩大武装队伍。把县农军编为三个连，分别由廖熙英、黄桂德、李参林任连长，各区农军也各自编成一个连。他多次带领赤卫队和红军围剿凤山境内的土豪劣绅反动武装，亲临前线英勇战斗。

红色人生

李植华，1906年生于广西岑溪县（今岑溪市）新圩乡金鸡村一个农民家庭。1923年毕业于岑溪中学第四班，1924年到广州考入黄埔军校，立志从军救国。

1925年9月，在兴起的农民运动影响和推动下，为了学到更多的革命道理，李植华从黄埔军校转到广州农讲所第五期乙班学习，并加入了中国共产党。同年12月，他从广州农讲所毕业后，同林培斌、黄启滔、谢铁民、罗瑞贤等人受中共广东区委的委派，以国民党中央农民部特派员的身份回广西开展农运工作。初与林培斌、黄启滔、谢铁民等人在梧州市郊和苍梧县的乡村，宣传发动群众，组织农民协会，开展反帝反封建斗争。

1926年3月，国民党广西省党部农民部成立，并开办广西农民运动讲习所，农民部长陈协五邀请李植华赴邕任农讲所教官。8月，省农民部委派他和林培斌为驻苍梧的特派员，在梧州和苍梧一带工作。11月，广西省农民部苍梧街道办事处成立，他任办事处农民运动委员会委员，驻岑溪工作，使岑溪成为广西农运发展较快的县份之一。

1927年4月，全国农民代表大会在武汉召开，他被选为广西代表。在他赴武汉参加会议途中，蒋介石发动了“四一二”反革命政变，白色恐怖笼罩大地。在这十分危险的情况下，李植华坚持在岑溪发动农民进行减租退押斗争。同年9月，他被国民党广西省“清党”委员会特务逮捕，押到南宁，被判两年徒刑。

1929年春，蒋桂战争爆发，桂系军阀失败。5月，广西军人俞作柏、李明瑞分别担任省政府主席和广西编遣分区办事处主任，掌握了广西军政大权。中国共产党先后派邓小平、张云逸到广西开展活动，与俞、李政权合作。在中共党组织的推动下，俞、李在政治上采取了一系列进步措施，释放了在“清党”中被捕在押的共产党员、共青团员和进步人士，李植华同志也因此获得自由。同年 8 月，广西省第一次农民代表大会在南宁举行，大会决定成立广西省农民协会。会后，俞、李根据中共党组织的推荐，委派一批共产党员和进步人士担任左右江部分县的县长，李植华被委任为凤山县县长。

1930 年 1 月 12 日，李植华、廖源芳、黄文通率领农军 230 多人分三路追击芝山区康里村的 200 多名白军。经过激战，敌人向坡弄方向逃窜。李植华即指挥农军奋勇追击，追到坡宁村烘亭场时，不幸身负重伤。在转去外地治疗途中，李植华因伤势恶化而不幸牺牲，终年 24 岁。

李植华烈士纪念碑，位于岑溪市归义镇金鸡村

唐　克

不为时代落伍者

唐　克（1903—1930）

湖南永州人。1925 年加入中国共产党。曾任中国工农红军第八军顾问、红八军政治学校大队长等职。1930 年 2 月参加龙州起义，3 月被国民党当局逮捕，当月 19 日在龙州就义。

书简原文

扫码聆听　书简诵读

自勉箴言

一、不为时代落伍者，要为实现共产主义而奋斗终生。

二、偷闲一时，贻误一世。

三、吾当自强不息。

四、成功是恒心之结果。

五、吾人当效致马革裹尸之精神，以身殉国。

六、打倒列强，打倒军阀，不奋斗不能救中国。

七、革命无成誓不还。

八、过则勿惮改。

九、光阴一刻值千金。

十、革命者的良心，无片刻之可离。

题“我”

去年的我是那样，
今年的我是这样，
明年的我又不知是怎样。
那样这样与怎样，
过去现在与将来，
都是一个我。
纵然我之形态有区别，
我之躯壳有差异，
但是我之思想，我之行动，
则始终如一也。

志向

昔者汉班超投笔从戎，志欲万里封侯，今吾辈则不然，抱努力革命之牺牲精神，而求中国之自由平等，解全人类于倒悬也！

十六．七．五[①]

① 十六．七．五，即1927年7月5日。

书简解读

1926年7月，国民革命军出师北伐。9月1日，唐克随部队进驻韶关。当天夜里他挥毫写下了这十条箴言，以明心志，激励自己奋发图强，为救国救民、实现共产主义理想奋斗终生。

《题“我”》为1926年12月，唐克随北伐军进驻湖北东篁店一带时，给家里寄的散文诗。诗中表现了共产党人的革命坚定性。这首诗的手迹，至今仍完好地保存着。

1927年夏，唐克给家里寄了一张他与战友的合影，《志向》这段文字就写在这张照片上。1927年大革命失败后，唐克并没有被国民党的血腥屠杀所吓倒，反而更加坚定了自己为“求中国之自由平等，解全人类于倒悬”而不惜牺牲的决心。他在寄往家中的这张照片上题写的这几句话，表明了自己的崇高志愿，申明他对仕途功名、光宗耀祖的不屑，追求的是国家自由平等、全人类的解放，表达了共产党人的崇高追求。

红色人生

唐克，原名唐绍尧，1903 年生于湖南省零陵县（今永州市冷水滩区）蔡家铺。1919 年入县立中学就读。1923 年春，入长沙岳云中学高中部学习。在高中时，他阅读了《新青年》《觉悟》等进步书刊，放弃了原有的科学救国的想法，决心投笔从戎。1924 年，唐克考入广州黄埔军校。次年加入中国共产党。

军校毕业后，唐克参加讨伐军阀杨希闵、刘震寰和东征陈炯明的战役。1926 年 9 月，在北伐途中，唐克任第九军政治部党务科长，后任第八军第四师第十二团政治指导员。1927 年 3 月，唐克被调到第三十六军第二师第六团任政治指导员。4 月，蒋介石叛变，到处捕杀共产党人。第二师师长唐哲民以同乡关系传询唐克，问他是不是共产党员，自称愿代为自首，并封官许愿。唐克严词拒绝。随后按照党组织的意见，借故离开，回到武汉，在第二方面军总指挥部警卫团任连长。

大革命失败后，唐克随警卫团前往南昌参加起义，没有赶上，后去湘南组织秋收起义，也没有成功。1928 年春，唐克联络同乡李义、陈子超、雷开桐等，强缴蔡家铺河西警察局 16 支步枪，交给党组织。县政府派“清乡”队缉捕，他改名赵逸民，奔赴桂林从事工运。

1929 年 3 月，唐克被派驻香港，以《环球报》记者的身份为掩护，从事秘密革命工作。1929 年秋，唐克被派去南宁，在广西省警备第五大队从事兵运工作，争取广大官兵卓有成效。同年 10 月，第五大队开赴左江龙州，准备起义。途中，由于唐克大腿毒瘤发作，党组织决定让他去香港就医。未及痊愈，唐克得知部队将要起义，即于 1930 年 1 月动身，赶赴龙州参加 2 月 1 日的起义。后警备第五大队改编为工农红军第八军，唐克任军事顾问兼政治学校大队长（即校长，副师长级）。3 月中旬，政治学校奉命去龙州下冻，发动农民群众分田分地。不久，桂系军阀黄绍竑发兵向龙州进攻。唐克接到军部命令后速返龙州参加战斗，从下冻返回龙州途中，不断受到土匪截击，因受伤被捕，3月19日在龙州北门外英勇就义，年仅27岁。

全宝藏

灌江怒涛闻君声

全宝藏（1924—1949）

广西灵川人。1941 年秋，毕业于灵川县国民中学附属初中班。曾任小学教师。1947 年，参加灵田起义，后加入中国共产党领导的游击队。1948 年加入中国共产党。1949 年 2 月，到灌阳县南部地区开展工作,组建海洋部队。同年7月,在前往桃花村的路上遭敌人伏击,在战斗中壮烈牺牲。

信简原文

给桂北人民翻身队的信（一）

纶兄[①]：

弟来此，一路平安，请勿念，正月我与某来此暴露了，很注意，特务活动很多，不过小心点也没问题，× 真的当了乡长，与之谈还可以做点事，你与周 ×× 谈得具体了吗？前次我来，县府知道了，我走后，他要求亲戚速上桂追我，但没线索，据我亲戚说他很想见一面，且说可担保生命，他们是想与我们密切联系，且想在各乡征集一批武装掌握起来，必要时那样起义或反水，周且说："你们等着，看我送我（家）眷来你们府上时，便是有意思了。"不过实际如何，尚待调研。现望你们告之你们与他谈的条件如何，以便我们步调一致。

过几天，等那些人回来了，工作谈了之后，才正式展开工作，现在与朋友们预约了共四十担谷左右的经费，其

① 纶兄，桂北人民翻身队的通信代号。

他关系正式（在）设法进行，不过尚是支票，未成实际，我已得一驳（壳）一左（轮）。

这边一部分群众情绪尚高，中上层多动摇，县府想每乡成立一中队，但枪、人何处？还蛮难。对这工作，已在心中有点布置，设法通过上层去当中队长，发动一些群众去作士兵，这是需有很好工作才可如此，否则会与他们抬轿的。这边的知青相当怕，不顶积极，过一天去老罗处一行。

布礼

弟统[①] 初三日[②]

① 统，海洋部队的通信代号，全宝藏是该队队长。

② 经考证成文时间为 1949 年 4 月 30 日。

给桂北人民翻身队的信（二）

纶兄：

到目的地已几天了，告诉你们大致情形：

1. 一些青年人也愿帮助我们，已寄上一信，接（到）否？

2. 照你说，没去桂了，七号就去老罗[①]处去，但没找到他，只留了信给他，老唐[②]已调过来，还好，他们搞了白石乡公所，得步（枪）7驳（壳）1机（枪）1。后又搞中村坪，得步（枪）14，拉（巴）2，光洋30块，现在他们成立了两个武工队，我去时正围剿，没见他们，只对他们在工作上提了一些意见。现在他们已打入大源，已是平板乡了。到了九块田，又可与马林兄接起，请多交代他们留心。

3.（在）山区工作了几天，群众情绪很好。已组织了三个农民小组，工作还可以大有开展。

4. 巨川回后，暴露后，敌很注意此山区，有在平板、英俊、崇月三乡成立指挥所，每乡一班十六人。但人枪、经费均尚无着，传闻县府有迁入山区之意，也准备放些土特。

5. 此处与漠川的九牛田、黄竹源连起，山区是大，路

① 老罗，即李裕平同志的化名。
② 老唐，即张震陆同志的化名。

难走啊！那边又可与灵川连起。

6. 我区、县政府正准备收集民枪，我如何走在他们面前，这是一个重要问题。

7. 巨川的友人们约定日子已过两天了还未回来，工作又要猛力展开。人员又未回来，真正有顾此失彼之感。

8. 本想在目前办农训班的，培养积极农民的工作能力、政治认识，以代替知干缺乏而推广工作的，又因正在春耕无空，不便训练，只有待插田之后了。

9. 目前正筹借经费，征借武器。

10. 你们能速去信叫参加南峰的郭裕经回来吗？因他那边需要他，很重要，越快越好。

11. 需要人啊。

12. 老唐很坚决、纯洁，想把他吸收进来，他很想进。

敬礼

弟　十二日[①]

① 经考证成文时间为 1949 年 5 月 9 日。

给桂北人民翻身队的信（三）

纶兄：

这边工作已逐渐展开，以前付上二信，接（到）否？

1. 县府正准备在必要时迁入巨川山区。

2. 县府设二个指挥所，一在昭文，一在英俊。现在上乡各乡正设一班保（安）队，而崇月则请增设一班，作为一分队，正想收民枪。

3. 我地敌很注意，尤其巨川处“那里一活动，沙罗源就完了，给他们与平板匪（会合）了，县府危险，要早压服才行”。

4. 我通过其他关系，琼与开起（启）均愿转变。

5. 前本不想去桂，信却烧光了，但后来他们来回，才又要老唐去了。

6. 老唐已与他办了入党手续，他还坚定纯洁，当易接受教育与领导。

7. 本地干部少，群众工作较不易，须耐心工作，外地人活动不大方便。现在有些积极农民，可搞，但太急火，想搞些训练一下，搞个乡公所，有了武器，即组成三个武工队，展开工作。大家研究都说，上乡地主顽固些，要显下威才能服得他们，群众情绪提高，工作易展开，武器才有，现在正想有效办法与周密考虑中。

8. 上乡对下乡哄得很凶，说攻县府了，劫油船了，所以影响有些分子说：我们赶快搞起来。这当然是（急）躁了些，但希你们大大的收民枪，搞地主枪。象罗区，他们打出了白石，收了中山坪的枪。现在许多地（富）找到他们出钱出枪，大大的扩大队伍巡逻一下各区。

9. 老唐的事以后有可靠人去才呈报。

10. 县府由小路派过两次秘密交通去省保，未知何事，大概是求救或请示，不敢走全州。

敬礼

弟向民　十六日[①]

① 向民，全宝藏同志化名。经考证成文时间为 1949 年 5 月 13 日。

给桂北人民翻身队的信（四）

里兄[①]：

这里的工作已逐渐打开了，不过还不能如我们预定的说法，因为人手太单薄了，同时这里的同志（本地的）又都有些过急与独立搞的心理，经过了相当时间，才逐渐克服，说服了些。

1. 过来时，马上就趁着时间，各地走了一趟，开出了五十担谷子左右的支票，同时借得了三支可以打响的左轮，两个手榴弹，才入巨川兄处。准备会齐那些朋友，说些问题，全盘的开展工作。

2. 五号我就去罗兄处，因他们搞了几个地方，敌人正在围剿，所以会不到他们，只留下信，并会了老唐，同时又调他过来了。李[②]与巨川在本地工作。展开关系。

3. 七号回工作地，巨川等工作展开很快。农民已组织几个小组，都蛮积极。

4. 八号他们未回。我们才产生一个临时领（导）机（构），大家推我负责。巨川副的，以工作组名义暂时出现，同时决定了几项工作，本来想马上就选五六个好农民开训练班

① 里兄，据考证为上级部队的代号。

② 李，即黄汉星同志的化名。

的。同时正值春耕忙，不好集中耽误工作五六天，才决定插田以后办，以补干部不足。（1）决定我与巨川二处为重点，分开工作，我与唐去工作区，巨川与李留，开宽关系。（2）如老唐由我地下桂，找书报，拉回干部及买印刷工具。（3）三十号会合，决定我的工作。若有干部回来，再组永久领（导）机（构）。

5. 我与唐过来，第二天即派唐去干了，我便通过了一些下属展开了几个关系，同时在几天内与几个积极青年朋友谈话。他们都很好，便把他们介绍入会的了。还未进行手续，初步和他们弄通了武斗思想（四个以后办了手续再报）。

6. 二十号杨与郭兄①（现名林莺）回，老唐要带人后两天回。

7. 这边的统线很好，这是大形势给予的方便。除乡长及他们的几个走狗外，都可以。

8. 这里略有暴露，巨川处则蛮暴露，经常有特务人物来旅行。

9. 现在县府设两个指挥所：一设英俊一设昭文，上灌阳各乡各设一班十六人，崇月则请求增设一班或（成）一分队，现在正筹费，收枪。

① 杨，即杨军，邓崇济同志的化名；郭，即郭裕经同志的化名。

10. 过几天，插下田了，就大大可以展开工作了。

11. 现付（附）上本县地图一张。老唐已办了入 ×（党）手续，付上志愿书一份，请查收。

12. 现已准备了六七个好农民，再教育下即可入 ×（党），多雇工、木工、贫农。

13. 我们与老罗随时可以联系，他们关系已至大源，请蒋平[①]去接关系，就太方便了。

14. 我们大致计划，请与杨兄谈，由他转告好了。

现请求下列事：

（1）听说来了很多好干部。我们最盼望的也来了，戴德隆[②]也回了，希望能来几个有力干部，老戴来最好。

（2）设法速将邓敬圭、郭裕经的关系转来，工作方便些。大概都入了党。

（3）设法能收些短家伙，由蒋平处转来。

（4）希子凡处向我方进军，条件已有的，现在这线，每隔十余里就有关系了。

前由子凡兄转二信，马林兄转一信，收否？

布礼

量　二十二号

① 蒋平，即陆绍双同志的化名。

② 戴德龙，灌阳人，参加全州、灌阳武装起义，受挫后转广东工作。

书简解读

全宝藏给桂北人民翻身队的四封信收藏于广西壮族自治区档案馆，后收录于《桂北文献资料选编》。

这四封信全宝藏写于1949年4月30日至5月13日之间。1949年5月间，人民解放军百万大军已横渡长江。为了配合解放军向江南进军，桂北人民翻身队实施了猛烈发展的方针。不久，游击队总队部决定开辟灌阳南部，称之为“海洋地区”，作为向恭城发展的基地，以取得同桂东的联系，授命由全宝藏负责执行这一战略任务。全宝藏以走亲戚为名，到灌阳县观音阁开展工作。一是加强做亲戚和群众工作。信中指出：“本地干部少，群众工作较不易，须耐心工作，外地人活动不大方便。”二是做好起义前的准备工作。信中分析形势，指出“这边一部分群众情绪尚高，中上层多动摇，县府想每乡成立一中队，但枪、人何处？还蛮难”“这边的统线很好，这是大形势给予的方便”。三是全宝藏根据观音阁一带的政治、经济和敌我矛盾，果断地执行了大胆发展的方针，把发动群众同建党建军结合起来，在发动群众的基础上建立农民小组、武工队和基干队，工作搞得十分出色。

红色人生

1939年秋，全宝藏入灵川县国民中学附属初中班学习，由于刻苦努力，成绩名列前茅，又喜欢活动，善于交际，不久就被推选为全校学生自治会主席，其间，他带领同学们开展过抗日救国宣传。

1944年秋，日军侵入广西之际，全宝藏参加国民党九十三军政工队，目的是想为抗日救国尽一份力。谁知，当日寇侵入灵川时，这支国民党军队却不战而退，一直撤到贵阳。目睹此等情形，全宝藏不禁义愤填膺，恨不得马上离开这支军队回家另谋救国之道。

1945年夏，全宝藏趁国民党军派人回广西“打游击”的机会，与张诚等人毅然脱离国民党军队，返回灵川县家乡，在中共地下组织教育影响下，走上了革命的道路。从1946年下半年开始，根据中共地下组织的安排，全宝藏先后到两江乡兰田堡小学、灵田乡中心小学任教师。

1947年7月，全宝藏参加了灵田起义，后加入中共地下组织领导的游击队，和同志们一起粉碎敌人的“四月围剿”。1948年2月，全宝藏被任命为桂北人民翻身队直属第二分队队长，同年8月加入中国共产党。

1949年2月，全宝藏奉命到灌阳县南部地区开展工作，组建海洋部队（7月改称桂北人民解放总队第二大队），任该部队队长，领导3个武工队。

1949年7月29日，全宝藏奉命到桃花村山区与总队参谋长兼路东支队队长、政委傅一屏会合。他带钟书明走到商家街口时，与保安队遭遇。他们一边英勇还击，一边朝顺溪村方向撤退。全宝藏横过灌江时被敌人击中。在生命的最后一刻，他将自己的手枪和笔记本塞进河里的石洞中，为游击队保存了机密。年仅25岁的全宝藏就这样为人民的解放事业献出了自己宝贵的生命。

噩耗传来，阳雄飞作诗《哭林军[①]》，以表达对烈士的无限思念：“痛心疾首哭林军，战斗几年似铁人。灵田一举成名震，凤凰岭头贼胆惊。苏家之役挫敌气，踏破莽雪湘桂边。会师都庞人民笑，灌江怒涛闻君声。”桂北游击队队员黄汉星在回忆录《生命的最后一刻》中写道：“很多年过去了，这本浸过我们敬爱的队长——全宝藏同志鲜血的笔记本，一直珍藏在我的身边。每当看到它，我就深深地怀念起敬爱的队长！”

桂北游击队部分成员合影

① 林军为全宝藏的化名。

廖梦樵

农民的呼声
正在叫着我哩

廖梦樵（1902—1927）

广西平乐人。1926年2月加入中国共产党。历任中共梧州地委书记、特委书记，中共广西地委第一任书记，广西早期革命活动的组织者和领导人之一。1927年10月19日在梧州云盖山刑场英勇就义，时年25岁。

书简原文

扫码聆听　书简诵读

给东兰县知事黄守先一封公开信①

守先表兄：

我们自从离别了之后，从来没有通过信。现在我很不客气地写这封信给你，你总觉得有些疑讶罢？但是我首先要声明一句，我写这封信是我的良心谴责我要这样的，并不是非难你，也不是诘责你，我觉得我有很多的话要说，更是在你的面前要说，所以一切都无忌惮地说了出来，那么你读了我这封信之后，你怪我，恼我，恨我，我可不管了。

六月一日那一天，我在国民新闻上见着《广西东兰县反动派摧残农民惨剧》的一篇，我很快的读完了，我的心房震动得甚么似的。我也不知道是怎么样一回事了？！只觉得报纸上堆满了血腥和模糊的血肉。好像见你恶狠狠地拿着一把刀向着农民，农民正在哀呼着哩！

---

① 1926 年 1—2 月，东兰县知事黄守先、驻百色桂军龚寿仪围攻农民运动讲习所（列宁岩），打死、打伤农讲所学员数人，并袭击烧杀韦拔群的家乡东里村及那俄、板免等 12 个村庄，抓捕韦拔群的妻儿等家人 14 人。数月之内，在东兰烧抢和勒索农户，杀害农运骨干和革命群众 700 多人，农民财产损失数百万元，造成震惊全国的“东兰农民惨案”。

那篇新闻头一段便说："广西东兰县农民协会为该县县长黄守先所嫉视，而一般土豪劣绅更复为虎作伥，遂于去年秋蒙蔽政府，勾结防军残杀农民，摧残农会。该县武纂（篆）一区，计被焚五十余村，农民死亡二百余人，凡加入农民协会者，无一不被擒拿而即置之死地……"唉，这是诬陷你的么？一定绝没有的，你也不必分辩了。你平日不是说要如何如何的革命？如何如何的为民众谋幸福？原来你的革命是摧残农民运动的，是为谋少数的土豪劣绅剥夺农民的幸福来做幸福的。

你因为忌恨农民运动而惨杀农民。你因为要维持被土豪劣绅剥夺的威信而惨杀农民。在你及一般土豪劣绅的心目中视一般农民为过激党、为土匪，农民协会为过激机关、土匪机关。实对你们说，在革命政府底下过激赤化是不能加人以罪名的。农民运动，是国民革命中最重要的工作。

现在的农民运动，并不是要把土豪劣绅的土地拿出来匀分。为什么值得大惊小怪，竟至于诬陷他们为过激，为土匪蒙蔽政府，而勾结军队来惨杀哩？当然，若是农民有了组织，有了团体之后，再也不能给那些土豪劣绅任意剥夺和压迫了。在压迫得厉害的时候，农民可以有势力来抵抗他。那么抵抗土豪劣绅的就是过激就是土匪吗？！到底从何说起？！唉！你们惨杀二百余人之多，内中七旬的老翁，三岁的孩童，都是过激都是土匪吗？这种惨不忍闻的事情，竟发生在革命旗帜之下，出于我兄之手。现在听闻还有难民六千余人，因被惨杀的余威，扶老携幼逃亡在外，流离失所，无家可归，食草根树皮以充饥。稍有人心已经是目不忍睹了！亏你还不准他们回家耕作，硬要他们买什么良民牌，才算他是良民，才准他们回家。那么穷得没有钱买良民牌的农民就是土匪了！就当要杀而无赦的了？！那么请你把中国所有的贫民，如数杀完罢！

我写到这里，我的神经昏乱了。恍惚间又好像见着你仍旧恶狠狠地拿着一把刀向着农民，农民又在哀呼着哩！我的心碎了！我不知怎样对你才好！东兰已死的农民你们已经把他们惨杀了！还有这六千余的难民你还不肯饶他们吗？我的良心谴责我，不许我同你们站在一起，要我参加到农民队伍里去，团结势力向你们进攻，为已死的农民报仇。我从前和你是亲爱的兄弟，现在变成敌人了！

我们现在真正是敌人了！我忘怀了往日的一切。我不能因情感而把理性湮灭。我的热血沸腾了！农民的呼声正在叫着我哩。

梦樵

1926年6月8日于广州

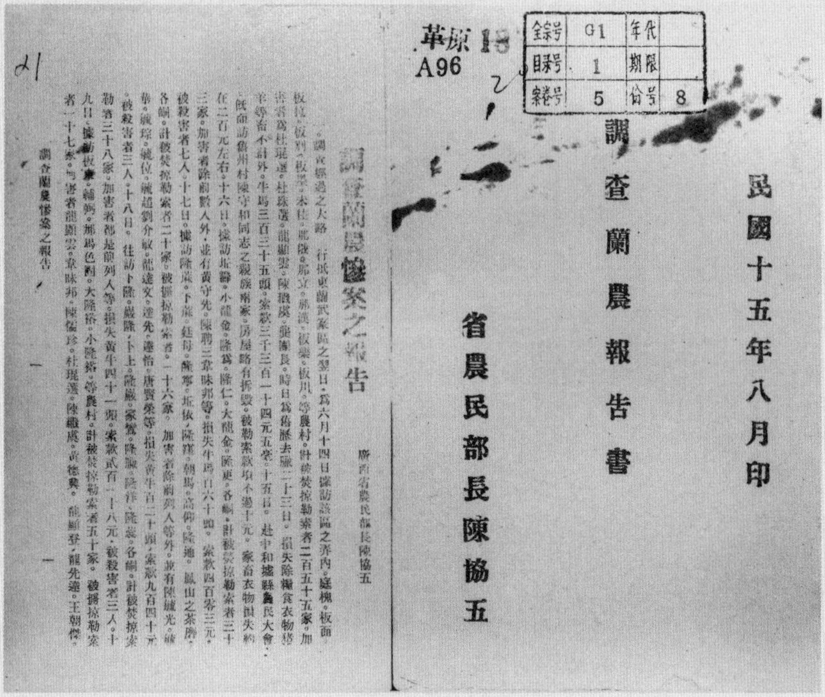

民國十五年八月印

調查蘭農報告書

省農民部長陳協五

調查蘭農慘案之報告

廣西省農民部長陳協五

當时广西省农民部长陈协五写的《调查兰农惨案之报告》

书简解读

1926年1月，桂系右派当局派国民党第七军龚寿仪团到东兰清剿旧桂系陆荣廷的残部。东兰县知事黄守先趁机呈上韦拔群的各种“罪状”，勾结土豪劣绅疯狂镇压农会农军。黄守先率人攻进农民运动讲习所，撕毁马克思、列宁、孙中山遗像，放火焚烧设备和学员行李，打伤、打死学员数人。在两个多月的时间里，黄守先一伙在武篆、兰木、东院、长江等乡先后大肆烧掳劫掠，杀害农运骨干和革命群众700多人，烧毁数十个村庄，农民财产损失约数百万元，造成震惊省内外的“东兰农民惨案”。

惨案发生后，韦拔群率农军退入山区，并在西山成立县革命委员会，指挥农民抵抗敌人进攻。同时，陈伯民等人赴南宁请愿，印发《快邮代电》向全国各界揭露土豪劣绅和军阀的罪行，要求国民党中央、国民政府和广西当局严惩祸首。中共南宁地委发动南宁各界开展援助东兰农民运动，中共广东区委也发动广州各界群起声援。

1926年6月，广州《国民新闻》上刊登了一篇文章《广西东兰县反动派摧残农民惨剧》，廖梦樵读后立即给东兰县知事黄守先写了一封公开信，谴责黄守先“勾结防军残杀农民，摧残农会”的罪行，表示自己要“参加到农民队伍里去，团结势力向你们进攻，为已死的农民报仇”。同时，他还发动留俄孙文大学广西学生会在《疾呼》发表了《援助东兰农民宣言》。

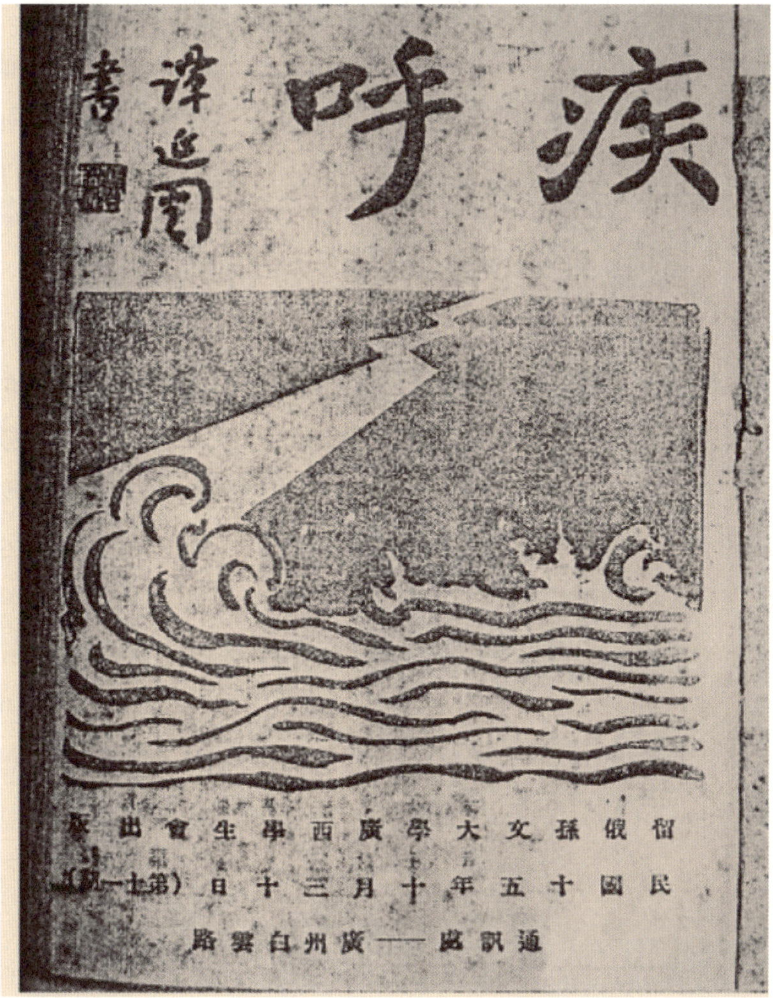

廖梦樵在广州主编的留俄孙文大学广西学生会会刊《疾呼》封面

红色人生

1902年11月，廖梦樵在平乐县平乐镇出生，他的家就位于今正北街3号的一栋普通民房。廖梦樵的父亲廖寿山早年追随孙中山先生参加辛亥革命，1913年解甲回家，以教书、行医为业。见过大世面的廖老先生经常在家中给孩子们讲述清政府的腐败无能和帝国主义列强侵略中国的罪行。父亲的讲述使廖梦樵从小就受到家庭教育的影响，幼小的心灵里开始孕育治国安邦的理想，他立志要做一个正直和为民除暴的人。

1916年，廖梦樵考进平乐八县合立中学（平乐中学前身）读书。1919年五四运动爆发，反帝反封建浪潮遍及全国，廖梦樵闻讯后立即组织在校学生和社会进步青年，举行示威游行，声援北京学生。此后，他阅读了《新青年》《东方杂志》等进步书刊，受到很大教育和启迪。

中学毕业后，廖梦樵考取了广东高等师范学校，但因为家境贫穷，无力深造，只好放弃升学机会。廖梦樵先后担任平乐县公立高级小学教师、平乐镇六坊小学校长。在从事教育工作的同时，他积极开展社会活动，曾在平乐组织青年读书会，与人合资开办了新民书社，推销进步书刊，还同进步的教师和社会知识青年一起学习马克思主义，传播革命思想。

1925年11月，廖梦樵在梧州加入了中国共产主义青年团。1926年2月，廖梦樵在广州东山白云楼留俄学会补习俄文，等候派遣去苏联留学。补习期间，在党组织的教育培养下，他由共青团员转为共产党员。

在广州，廖梦樵与同学们一道，组织了留俄孙文大学广西学生会，根据中共组织的指示，在学生会中成立了中共支部，他担任支部负责人。他们还创办会刊《疾呼》，廖梦樵担任主编。

他充分利用《疾呼》阵地，积极撰稿宣传革命思想。他在《疾呼》创刊语中希望“勇敢的不畏死的革命同志，一阵阵冲向革命战场，去奋斗，去牺牲，为民众谋福利”。在《疾呼》第十三期上，他发表了《一个不完满的答复》一文，解释了民生主义中的共产问题，认为“照共产的主张，是要把现在这个资本主义制度社会根本推翻，另行建设一个新的、友爱的社会。消灭社会上的寄生虫，大家共同生产、共同消费，这样才算得是共产”。廖梦樵的文章短小精悍，观点鲜明，思想性高，号召力强，对于唤起民众反抗压迫、投身革命起到了积极的作用。

1926年夏，廖梦樵参加了省港大罢工运动。他在《疾呼》上发表文章，用大量事实揭露帝国主义侵略罪行，批驳歪曲、攻击工农运动的流言，呼吁农民迅速行动起来，开展农民运动，支援罢工。他还上街宣传，参加示威游行，并与邓拔奇组织社会考察团深入工人及工人家属访问，做好思想发动和生活安置工作。

1926年冬，中共梧州地委机关遭到严重破坏。1927年初，中共广东区委决定紧急抽调廖梦樵、邓拔奇到梧州，恢复梧州地委，发展中共组织，由廖梦樵接任中共梧州地委书记。

“四一二”反革命政变以后，白色恐怖笼罩梧州。面对险恶的环境，廖梦樵和地委其他成员一道，机智沉着应付各种复杂局面，领导广西各地党组织开展反对国民党血腥屠杀的斗争。他们与梧州支部、梧州妇女支部等取得了联系，并派人及时指导桂平、平南等县的党组织开展工作。经过廖梦樵和邓拔奇等人的积极工作，党组织得到迅速恢复，各地革命力量重新凝聚起来，工农运动继续发展。

“四一二”反革命政变后，为牵制国民党桂系军队东下与粤军会合，策应叶挺、贺龙率领的南昌起义部队南下广东，以廖梦樵为首的中共广西地委在中共广东区委的指示下决定举行中秋起义。1927年9月7日，由于叛徒的出卖，廖梦樵和其他20多名同志被捕入狱。他们在狱中受尽酷刑，却始终没有泄露党的机密。1927年10月19日，廖梦樵被押赴梧州云盖山刑场，他一路高唱《国际歌》，高呼“打倒帝国主义！”“打倒国民党反动派！”“中国共产党万岁！”的口号，大义凛然，英勇就义，时年25岁。

龙业鼐

天将降大任于斯人也

龙业鼐（1905—1933）

广西贺州人。1926年加入中国共产党，担任中共广东省委书记邓中夏、陈延年的秘书。1927年11月，参加广州起义。1933年因叛徒出卖被捕，在狱中遭受酷刑，宁死不屈。党组织对其展开多方营救，但因伤势过重，出狱后不久就逝世了，年仅28岁。

书简原文

狱中写给妻子的信①

狱中读来书，甚慰。知将随父亲归□，宜在家中静候佳讯。□匆来此，□增惆怅也。严事与彼无关，彼更不知伊为何许人，事之笑来，全为一利字而已。只是彼于七年前搜家不获而心不释，更以小人之心度君子之腹。恐家报复而（先）下此一着也。

① 此信是龙业鼐入狱后写给妻子李励勤的信，信中的“严”是指海员子女严凤珍。

扫码聆听　书简诵读

狱中写给父亲的信①

此次遭难，得各人营救，而卒不克，此固命运使然，急亦无益。见固知之所以为虑者，盖恐大人不安耳。今读父谕致悉，大人亦能泰然处之，见当谨遵训示，埋头受感人生遭遇，本有顺逆，天将降大任于斯人也，固宜有此挫折乎？闻感化时期可以伸缩，心稍安慰，即不能，三年亦不为长也。过三年，我不过卅一，受三年之耻辱，我便甘心老死焉？

① 此信是龙业鼐入狱后写给父亲龙贵谦的信，信是经过送饭的人秘密传递的。

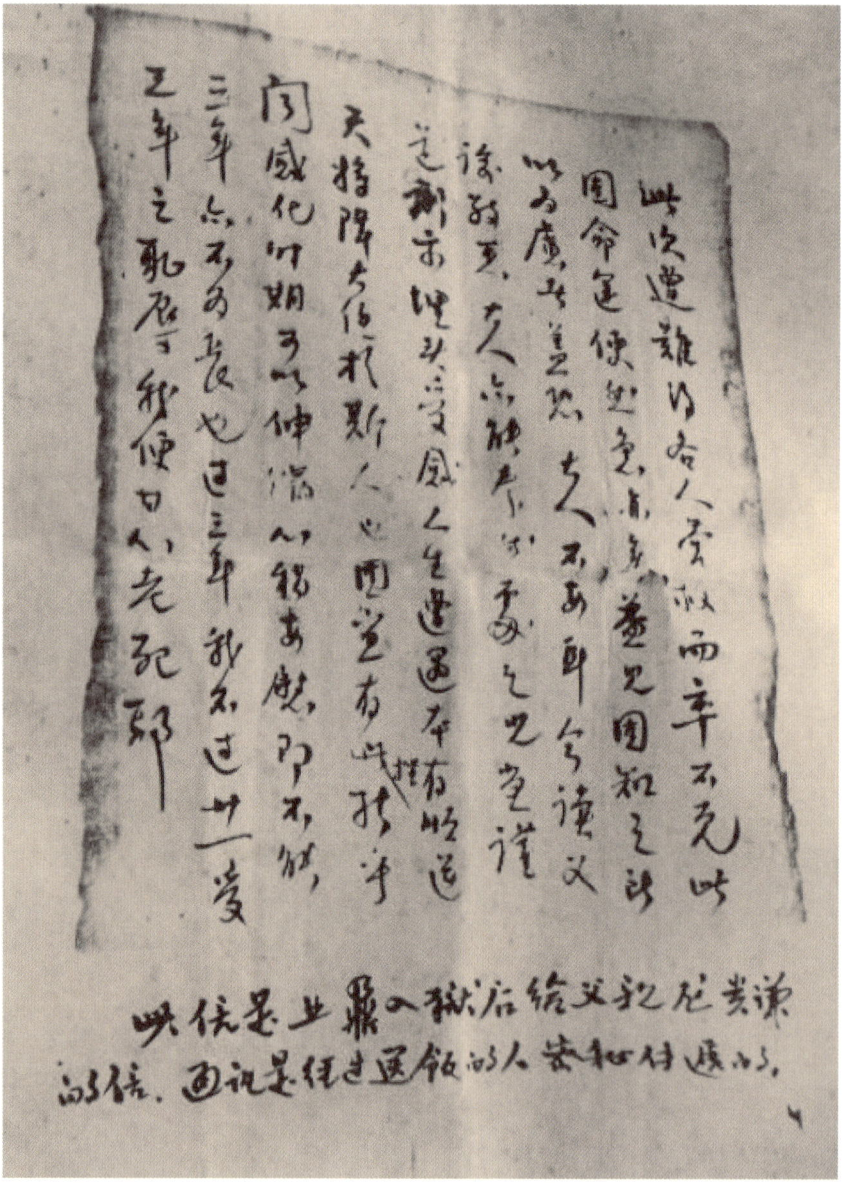

此次遭難吾各人受[illegible]而幸不死此
国命運使然也[illegible][illegible]益兒国知之詳
以為慮者蓋然大人不安耳今讀父
諭[illegible]大人亦能奉行[illegible][illegible]之也並謹
遵[illegible]亦經此受感人生遭遇本有此道
天將降大任於斯人也國運有此[illegible]
間感化何期可以伸縮如稍安勿躁即不然
三年亦不為長也過三年我亦不過卅一歲
正年之[illegible][illegible]我便回[illegible]老親耶

此信是业鼎入狱后给父亲龙炎[illegible]的信，通讯是经过送饭的人密秘付递的。

龙业鼎手迹

书简解读

龙业鼐的两封书信是贺县党史办（现贺州市八步区党史办）在1981年开展党史资料征集过程中收集到的珍贵历史文献。书信为复印件，由龙业鼐的儿子龙万江提供。书信内容既展示了龙业鼐对家人的殷切关心，又表现了大无畏的革命情怀。亲情、爱国情和对反革命者的蔑视之情贯穿于简短书信的字里行间。

龙业鼐给妻子的这封信提及“严事与彼无关”，“严”是指海员子女严凤珍。“只是彼于七年前搜家不获而心不释，更以小人之心度君子之腹。恐家报复而（先）下此一着也。”这句话则说明了自己被捕的背景和原因，以及对叛徒的蔑视。

龙业鼐给妻子的书信柔情满篇，给父亲的书信则豪气冲天。“埋头受感人生遭遇，本有顺逆，天将降大任于斯人也，固宜有此挫折乎？”“过三年，我不过卅一，受三年之耻辱，我便甘心老死焉？”龙业鼐虽身陷囹圄，身体受摧残，但信念坚定，意志坚强。短短数言，对狱中之艰险淡然处之，安慰牵挂的父亲，其中的万丈豪情跃然纸上。

红色人生

1922年，龙业鼐以优异的成绩就读于广东省立第二中学。在校读书期间，龙业鼐深受大哥龙业鼎的影响，经常收到他从北京寄来的进步书刊，开始阅读马列主义理论书刊，接受进步思想熏陶。

1924年，龙业鼐被选为广东省立第二中学学生会主席，同年加入中国社会主义青年团，通过各种渠道向家乡的群众和进步青年宣传马列主义、爱国主义和反帝反封建思想。

在1925年6月省港大罢工期间，龙业鼐与姐姐、弟弟一起主持广州劳动童子团的工作。当时，广州各校的学生都穿着统一的制服，衣冠整齐，只有劳动童子团团员穿着便服。由于团员们都是穷人家的孩子，买不起统一的服装，为了使自己的组织更鲜明，与其他学校的学生，特别是与各校的童子军有所区别，经请示上级后，广州劳动童子团决定，劳动童子团每位团员和负责广州劳动童子军领导工作的同志都佩戴一条红颈带作为标志。

1925年11月27日，广州工人代表大会的礼堂内举行了隆重的佩戴红颈带仪式，在雷鸣般的掌声中，中共广东区委书记、广州社会主义青年团书记陈延年为龙业鼐戴上了第一条红颈带，龙业鼐成为中国第一个戴红领巾的人。广州劳动童子团成员每人也领到了一条红颈带。新中国成立后，红颈带（红领巾）成为少年先锋队队员的标志。

……

1926年，龙业鼐加入中国共产党，经过多次考验之后，被党组织先后派给中共广东区委书记邓中夏、陈延年当秘书。他给邓中夏当秘书时，重点是做海员工会的工作。省港大罢工后，他极少回家，经常往来于惠州会馆、海员工会和豪贤街“大观园”——广州劳动童子团所在地。

1927年春节过后，共产党员丁鸿鹄被捕叛变，亲自带特务到龙家捕人。当时龙业鼐正在“大观园”内工作，家中设法派人去给他报信，龙业鼐等同志得以脱险。在党组织的安排下，龙业鼐与一批同志撤退到香港。特务们扑了个空，一怒之下就把龙业鼐家里值钱的东西尽数搜走。为了逮捕龙业鼐，特务们还专门在他家附近秘密设置了监视点。3月末，丁鸿鹄再次带特务前来搜捕，仍然是竹篮打水一场空。4月，龙业鼐受党组织的指示，去武汉筹备党的第五次全国代表大会。五大结束后，龙业鼐留在武汉党校受训。9月，龙业鼐离开汉口潜回香港活动。11月底，他回到广州参加广州起义。起义失败后，龙业鼐又随邓中夏去到扬州，继续开展发动群众的工作。

1931年，龙业鼐离开扬州前往广东英德，后到台山以田亩调查员的身份继续开展群众工作。此时，他与党组织失去了联系。

1933年中秋节期间，龙业鼐又去香港寻找党组织，无果，回到台山。11月8日，龙业鼐在开展革命工作时，被叛徒丁鸿鹄发现。丁鸿鹄冒名进步青年求见，带人将龙业鼐逮捕。在狱中，龙业鼐备受摧残、折磨，特务们每次严刑逼供或引诱，让他说出省委机关和其他共产党员的下落，均一无所获。

虽然经过党组织的积极营救后出狱，但龙业鼐因伤势过重，出狱后不久就逝世了。

龙业鼐烈士墓

省港大罢工中的劳动童子团

庞大恩

我在外做的是正经事

庞大恩（1900—1937）

广西兴业人，川陕革命根据地早期杰出的组织者和领导者之一。1919年赴日本留学，1925年加入中国共产党。1927年后改名为吴永康。先后在上海党中央机关、中共江苏省委从事革命工作。1932年随红四方面军长征进入川陕（苏区），建立川陕革命根据地，先后担任红四方面军总部秘书、中共川陕省委常委秘书长兼宣传部副部长、川陕省工农民主政府经济委员会主席、中共大金省委常委、红军西路军政治部地方工作部部长等职。1937年3月，在甘肃张掖县祁连山对敌作战时壮烈牺牲。

扫码聆听　书简诵读

书简原文

给弟弟庞大慈的信

亲爱的大慈弟：

自从去年不通信息至今，我无日不在想念你们及合家，不知家中近况如何？伯父、母亲和几个哥嫂弟妹都安康吧！

我一路住在上海，一切都万分安妥；上海打仗的时候，我也住在上海，没有受到损害，也没有受惊吓。请你告知合家安心。

我在外一切都很好，请你们不要担心，你们有吃就吃，有穿就穿，勿要多挂念我，我是一个自己很小心的人，用不着你们挂虑。

我不是愿意离开家庭不要，更不是一个人在外享福，不管家中的苦楚。我读书几十年，在社会上几十年，我要做一点值得做的事，不愿将学问放荒。所以，我在外做的是正经事，天地间最放得心的事，请你不要为我多挂念，使合家都为我不放心，我在外是很舒服的。

像现今这样乱世，我暂时是不想回家，家中的一切，听你自由摆布。小妹琼玉，我原来想带出来读书，目今也无法带了。你有本事就送渠（她）去读书，没有本事，就嫁也要嫁到做工的人家去，千万勿要嫁到半三不四的富贵家。有钱有势的人家，是嫁不得的。

家中的一切望你自己多动手，千万勿要养婢仆，至多请长工或短工来帮忙，买断身的男孩女孩来养，是万万不可的。

我家现在并不算有钱有势，千万勿要摆阔。我们的兄弟邻舍，上村下村，都是很穷苦的，大家要体贴点。

对于我的老婆，我不能自养，一来麻烦合家和你，二来渠（她）的家境太可怜了，我觉得心里万分不安，总是觉得对不住渠（她），对不住你们。但我实在无法，只望大家原谅，听渠（她）自由，渠（她）愿意怎样就怎样，千万勿要麻烦渠（她），因为渠（她）太可怜。我在外面没有另外的女人，也不曾嫖过。我的心事是对得住人的，只是不知道何年何月才能回家。

过日我再写信，现在不说了。匆匆敬问你好并合家均好。

伯父、母亲、叔母三大人前恭叩万福。

兄　大恩

四月八日

书简解读

这封信是庞大恩1932年寄回的最后一封家书，体现了他坚定的革命意志和对家人的思念，展现了舍家为国的情怀。他在1925年的日记中写道：“余少而生于贫困之中，贫民之苦，自谓知之颇详，而身体尝之，余不为农民吐口气可乎？”“我欲斩长鲸以红大海，我欲埋奸臣以吐民恨！”“我生已廿余，此生尚碌碌若此，其将何以成就？中国危状日甚，所谓四万万人齐起救国，我自己的一得到否？欲我心主策我身躯，以四海为家，以万物为友。”“现在有一部分人不仅无衣食，而且有女不得其夫，

玉林市委党史资料征集小组办公室整理的《庞大恩烈士事迹专辑》

有男不得其妻。富者贵者妻妾成列。社会之组织大缺陷为何如耶？”这些是庞大恩对革命事业的忠贞誓言，他是这样说的，也是这样做的。不论在白色恐怖笼罩下的上海，冒着生命危险编辑出版《红旗日报》，也不论在川陕根据地创建初期，他担任省委秘书长职务，主持处理省委日常工作，从机关工作制度、苏区经济工作制度的建立，到干部培训、宣传工作、土地革命、少数民族政策，他负责一个地方的党、政、军全面工作，总是不避艰苦、忠心耿耿、日夜操劳。他在信中写道：“我读书几十年，在社会上几十年，我要做一点值得做的事，不愿将学问放荒。所以，我在外做的是正经事，天地间最放得心的事，请你不要为我多挂念！”

信中也体现对家人的思念和自责。庞大恩参加革命是无私的，也是全心全意的。他为了救国，原不想过早地考虑结婚，更不愿接受家里包办的婚姻，但却无法违拗母亲的意愿，结婚不久，便离家外出读书，他四处奔走，在家的时间是很少的，直至1926年回国。同年的8月，他为了回广西宣传革命才顺道返家一次，不到一个月，又到了上海。从此以后，他离开年老的母亲，离开了体弱多病的妻子。就这样，家庭的重担就落到了弟弟和弟媳的肩上。不料，弟弟在一次打扫牛屋时因失火被烧成残疾，造成耳聋，失去劳动能力。庞大恩在信中写道：“我不是愿意离开家庭不要，更不是一个人在外享福不管家中的事。”他为无法照顾家庭感到深深的愧疚。

家书的纸短情长背后，体现了庞大恩舍家为国的艰难抉择。正如他在1932年4月8日的家书中所说的“我读书几十年，在社会上几十年，我要做一点值得做的事，不愿将学问放荒。所以，我在外做的是正经事，天地间最放得心的事”，“我的心事是对得住人的”。“投身革命即为家，血雨腥风应有涯。”庞大恩无法顾全自己的家庭，却给后人留下了永不磨灭的精神。

红色人生

庞大恩，1900 年生于广西兴业县长荣乡大贺村（今葵阳镇新荣村）一个贫穷家庭。他自幼聪明勤奋，6 岁开始入学，9 岁进入大馆书房读书。他除了抓紧时间专心学习外，还抽时间帮助家里做工。父亲见他这么小就这样懂事，便有心要培养他，免除他的家务劳动，鼓励他专心致志去读书。自此，庞大恩更加勤奋读书，学业进步很快。

1919 年庞大恩赴日本留学，他在日记中表明留学是为了“寻求救国的学问和救国的工业”。1922 年，他就读于日本福冈县户烟町明治专科学校（现名九州工业大学）冶金科，毕业后考入东京帝国大学转读政治经济学。

庞大恩在日本留学期间，日夜想的是祖国的富强和人民的解放。夏衍和他是同班同学，当时他们谈论过搞地质、开矿山、办工厂，实现“工业救国”“科学救国”的理想。他十分景仰孙中山先生救国救民、振兴中华的伟大宏愿。1924 年 11 月，孙中山先生北上途经门司港，他和夏衍、郑汉先等谒见了孙中山先生。后来，他逐渐认识到，救国救民不但要学习自然科学，而且要学习社会科学，学习革命理论。他如饥似渴地阅读《法兰西革命》《资本论》等经典著作。他和夏衍、郑汉先等成立了爱国学生团体“行社”“读书会”等，开展阅读进步书报、讨论时事政治、宣传反帝反封建的革命活动。其间，他参加了日本共产党领导的“社会科学研究会”。1925 年五卅运动，他和进步学生募捐救济上海工人，声援祖国革命斗争。1925 年冬，他在东京由中共旅日支部负责人何兆芳、何恐介绍，加入中国共产党。从此，庞大恩由一个爱国主义、民主主义者，变成一名坚定的马克思主义者、共产主义战士。在党的领导下，他以崭新的面貌投入更伟大的革命斗争中。

1926 年 8 月 20 日，庞大恩从上海回家乡兴业，到兴业中学组织学生

庞大恩（右）与同学的合照

座谈，给学生介绍新思想、新文化、新科学知识，以及《黄埔革命画报》《唯物论浅释》和《十月革命简介》等书刊，鼓励学生投身革命活动。

1927 年，庞大恩返回上海，改名为吴永康，担任党中央机关报《红旗报》《上海报》编辑。

1932 年，党中央派庞大恩同志到鄂豫皖根据地工作，任红四方面军总部秘书。他对川陕省工作、对省委机关的建设、对干部的培训做了耐心、艰苦顽强的努力，取得了出色的成绩。

1933 年 2 月，庞大恩在中共川陕省第一次代表大会上被选为川陕省委委员，任省委常委秘书长，暂代中共通江县委书记。庞大恩十分关心土地革命中新涌现的工农干部的成长，采用多种方法帮助他们学习识字、懂得革命道理和党的方针政策以及工作方法。庞大恩经常到党校上课，传播马列主义革命理论和共产主义思想。他埋头苦干，善于联系群众和干部，善于帮助同志进步，善于帮助工农干部提高文化水平，善于引导干部分析和研究问题，有独到见解，同志们都尊敬他，把他看作是良师和长者。很多工农干部在他的帮助下成长起来。

1934 年初，庞大恩任川陕省工农民主政府经济委员会主席。他和省

庞大恩在日本明治专科学校的毕业证

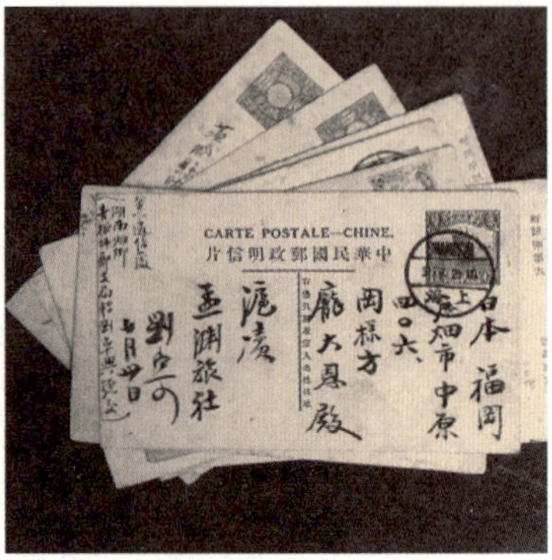

庞大恩留学时的明信片

1926 年庞大恩留日归国带回的部分进步刊物

委委员、省工农民主政府财政委员会主席郑义斋同志一道，在省委和省工农民主政府领导下，对恢复和发展农业生产、发展军需民用工业生产、增强苏区经济实力、制定政策、建设根据地的财政经济制度、保证革命战争中的军民供给做出了卓越的贡献。

1937 年 3 月，红军西路军在甘肃省张掖县祁连山被敌人包围。在与敌人作战中，庞大恩英勇牺牲，时年 37 岁。

中共川陕省委旧址——庞大恩烈士曾经工作过的地方

庞大恩故居

信仰永恒

入党誓词中有这么一句话：“为共产主义奋斗终身，随时准备为党和人民牺牲一切，永不叛党。”这是中国共产党坚守信仰的铮铮誓言。

“志不立，天下无可成之事。”坚定理想信念，坚守共产党员精神追求，始终是共产党员安身立命的根本。“为有牺牲多壮志，敢教日月换新天。”中国共产党一切胜利都能从信仰里找到源头。共产主义远大理想激励了一代又一代共产党人英勇奋斗，成千上万的烈士为了这个理想献出了宝贵生命。正是因为有了革命精神信仰，才有了苏蔓、黄彰、贺智华等优秀共产党员，才有了他们以身报国、红心向党的精神力量。正是因为有了这种强大的精神力量，无论是在战火纷飞的战场，面对枪林弹雨；还是在阴暗的牢房，面对刽子手的残酷折磨，革命先辈们始终大义凛然、英勇不屈，留下了一个个为了革命信仰而不惜牺牲生命的感人故事。他们身上所具有的奋勇拼搏精神、坚定的理想信念带给万千人民信心和幸福，给予中华民族伟大复兴的智慧与力量，正是我们灿烂民族精神的最好写照，也是我们民族的脊梁。

如今虽然时代变了，但是实现中华民族伟大复兴的奋斗目标没有变，在世情、国情更加复杂的条件下，用奋斗的甘露浇灌我们理想的花朵，用拼搏的清泉滋润我们信念的美果，让我们向理想致敬，向英雄致敬！

苏　蔓

不自由　毋宁死

苏 蔓（1914—1942）

广西梧州人。原名苏裕源，毕业于苍梧中学，入广东省立工业专科学校、广东省立勷勤大学，后赴日本留学。1936 年 6 月加入中国共产党。全面抗日战争爆发后回国，受指派在上海工作。1938 年入延安中央党校学习。1939 年 1 月，被分配到广东工作。1939 年秋至 1940 年 5 月先后在曲江、南雄举办赣南党训班。1940 年 8 月到桂林，任中共广西省工委副书记。以中学教师身份做掩护，开展党组织建设工作。由于叛徒告密，1942 年 7 月 9 日与罗文坤、张海萍一同被捕。13 日凌晨，三人自尽身亡。

书简原文

给弟弟妹妹的信

翠妹和智弟：

寄来的钱早已收到，且早就用光了。我因为去在乡下，忙着筹备迎接这项战争的工作，且邮寄太不方便，故这么久没有写信（给）你们。不知道文坤写了没有？我曾经叫他们写信（给）你们。也许忙到忘记了吧？

寒寒和我们似乎已经结下不解缘。以后你们不方便可不必寄钱来了，我知道你们也并不富裕啊。不过我想敲敲阿侯的竹杠，因为听说他的就业相当丰裕。官，不可不敲也。见他俩，代我问候，顺敲竹杠！

娟身体如何？愿上帝祝福她啊！其他的友人，也替我们问候问候吧，写出名字来未得什么意思。

世界地图买到了，不必再购。书现在恐怕很难寄来了，然而也许还有可能的，暂时给我存着吧，如果有人借……

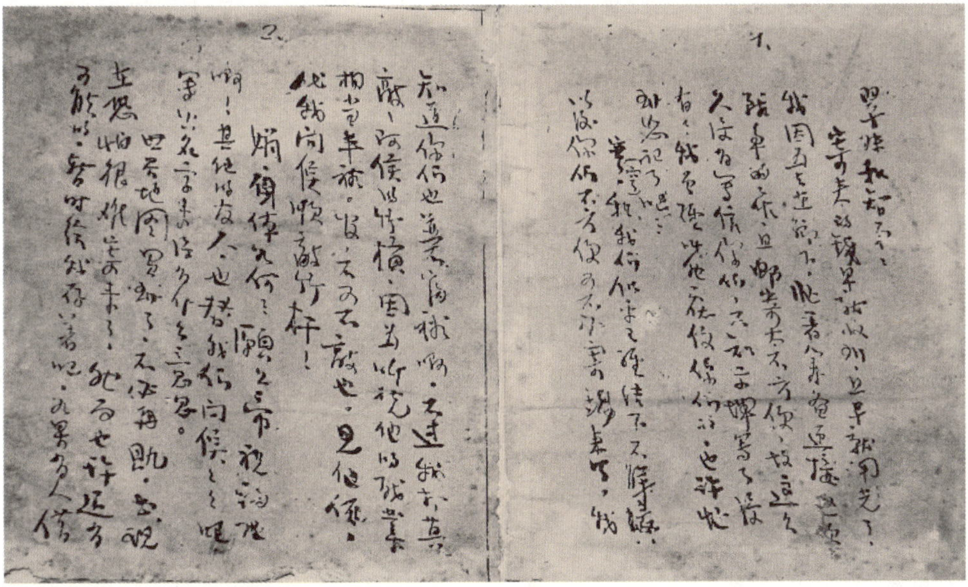

苏蔓手迹

书简解读

此书简为苏蔓写给胞妹苏裕翠和二弟苏智源的信。

苏蔓，生于一个知识分子家庭。他的父亲当过国民党时期的县长，也做过中学校长，但晚年失意，家道中落，便希望长子苏蔓能振兴家业。因而他想利用曾是广西省主席黄旭初老师的关系，为儿子谋取高官厚禄。苏蔓刚从日本留学返沪时，他就接二连三地去信催促，要儿子回桂投靠黄旭初。但是，早已经没有功名利禄之心，一心为国的苏蔓，毅然和妻子罗文坤奔赴延安，并与家里中断了联系。父亲见事有蹊跷，就在报纸上登载寻子启事，又四处走亲访友，但始终没有苏蔓的任何音讯。

1940 年夏，苏蔓受组织委派，和罗文坤、张海萍回广西工作。途经梧州时，苏蔓夫妇顺道回乡探望阔别多年的亲人。这次苏蔓、罗文坤突然归来，父亲喜出望外，便专门安排了一晚时间对儿子、媳妇进行“训诫”。

对父亲这套谋官讨禄、光宗耀祖的人生哲学，苏蔓不为所动，反而耐心地给父亲讲道理：“现在国难当头，我们每个不愿做亡国奴的人，都应以抗日救国为重，不敢有当官发国难财的念头，请爹爹恕儿子不孝！”听了这些话，父亲望子成龙的念头顷刻间化成了泡影，最后弄得父子不欢而散。

苏蔓不仅没有屈从父亲的安排，还对弟弟妹妹进行教育，帮助他们摆脱父亲的错误影响。这封信是苏蔓写给弟弟妹妹的。从信中可以看出，苏蔓舍小家顾大家，“忙着筹备迎接这项战争的工作”，展现了奉献精神；对弟弟妹妹关照的感谢，为革命事业的开销还是比较大的，需要得到亲人的资助；对弟弟妹妹思想进步的关心。二弟苏智源在他的指引下，于 1941 年春参加了新四军，在皖南事变中被捕，后来壮烈牺牲于上饶集中营。

红色人生

1930年从苍梧中学毕业后，苏蔓考入广东省立工业专科学校，1932年秋至1935年夏又在广东省立勷勤大学学习。在校期间，他接受了马克思主义学说。

九一八事变后，中华民族到了危急的关头。为了心中的家国情怀和探寻中华民族的出路，苏蔓与在广州洁芳女子高中读书的罗文坤等一批志同道合的青年，成立了曙光读书社，认真阅读、钻研《资本论》《国家与革命》《社会主义从空想到科学的发展》等马列恩著作，并学习世界语。1932年一·二八事变爆发，苏蔓不顾国民党当局的阻挠和镇压，和同学们组织抗日救亡宣传队，运用话剧、歌曲、演讲等形式，夜以继日地到街头宣传“停止内战，一致抗日”的主张。不久还回到梧州，动员各中等学校的师生组织起来，开展抗日救亡活动。

1935年春，苏蔓与罗文坤结为伉俪。6月，他俩东渡日本，就读于日本大学。1936年夏，苏蔓参加了中共外围组织“文化座谈会”，成为该会骨干，并被吸收为“左翼世界语联盟”的成员。同年暑假，他参加由中共上海文委东京支部举办的马克思主义理论学习班，由东京支部书记林基路介绍，加入中国共产党。入党后，他努力工作，常常给同学们做形势报告，在讲授世界语时宣

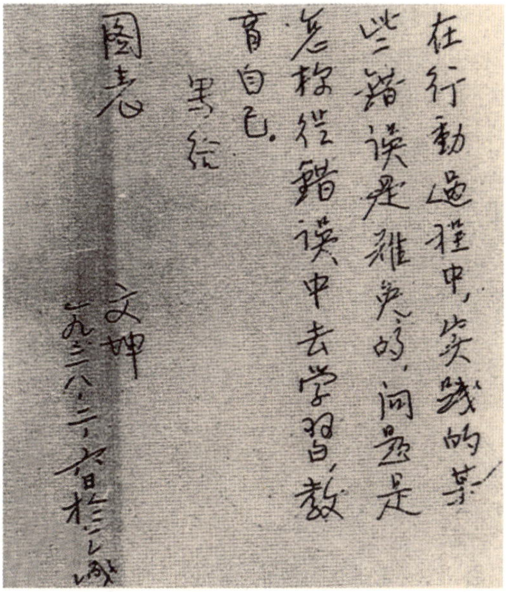
在行動過程中，實踐的某些錯誤是難免的，問題是怎樣從錯誤中去學習，教育自己。

圖志

文坤

苏蔓妻子罗文坤手迹

传马克思主义，并积极参加中国留日学生的统一战线组织中华留日同学会领导的斗争。

1939 年 1 月，苏蔓、罗文坤被派往粤北工作。苏蔓化名“裴济”，在中共广东省委组织部工作，担任省委干部训练班的班主任，连续举办了 3 期党训班，为党培训了大批领导干部。

1940 年 8 月，苏蔓受组织委派，和罗文坤、张海萍一同回广西工作。苏蔓到桂林后，在中共党员杨东莼为教育长的广西地方建设干部学校任指导员。12 月，中共南方工作委员会决定重建中共广西省工委，派钱兴任书记，苏蔓任副书记，罗文坤任妇女部长兼桂林市委书记，张海萍任特别交通员。1941 年 9 月，苏蔓、罗文坤、张海萍转入逸仙中学当教师，以此做掩护进行党组织建设工作。

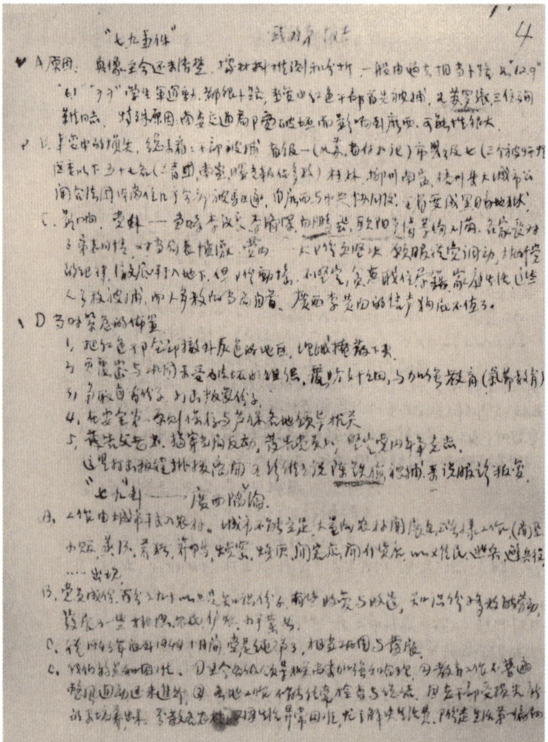
“七九事件”

中共广西省工委书记钱兴关于“七九事件”的报告

1942 年 5 月，中共南方工作委员会组织部长郭潜被捕叛变。7 月 7 日，国民党中统特务庄尚之根据郭潜的告密，疯狂追捕中共党员和进步师生。9 日上午，国民党特务倾巢出动，秘密逮捕了苏蔓、罗文坤、张海萍等人。这就是震动广西的“七九事件”。

国民党特务抓到了苏蔓等人，如获至宝，企图从他们身上打开缺口，将中共在广西的地下组织一网打尽。敌特把他们三人押往龙隐岩刑讯处，先是诱降，不成即对苏蔓施以“老虎凳”酷刑，并把罗文坤带到备受摧残的苏蔓跟前，企图摧毁这对革命夫妻的意志。持续几个小时的残酷审讯之后，他们三人在沾着自己鲜血的刑具前仍没有透露一丝机密。

1942 年 7 月 13 日凌晨，苏蔓、罗文坤、张海萍为保护党的机密，集体自缢牺牲，为中国人民的解放事业献出了年轻的生命。

苏蔓（左上）、罗文坤（右）、张海萍（左下）

苏蔓、罗文坤、张海萍三烈士纪念碑

黄　彰

为真理实现而百折不挠

黄　彰（1901—1945）

广西贵县（今贵港市）人。1928 年加入中国共产党。曾任中共广西省工委组织部长、代理副书记。1944 年任桂东南抗日游击区办事处主任，领导建立抗日自卫军和游击队。1945 年 2 月，领导发动桂东南抗日武装起义。同年 3 月被国民党政府军警逮捕，4 月在广西贵县英勇就义。

书简原文

照片背后的诗[①]

我愿：她的性质上——如松柏一样；
　不怕烈日，不怕风霜，
　不怕野蛮横暴的倒退势力！
我愿：她的表现上——如松柏一样；
　为绿不凋，为青不老，
　为真理实现而百折不挠。
我愿：她的交际上——如松柏一样；
　与竹梅配合，映耀残年晚景，
　与 ×× 联盟创造人群幸福。

——黄彰

① 这是黄彰牺牲前，在留给养女黄洁坤的照片背后写的诗。“××”隐指“苏俄”。摘自《桂东南英烈传》（第一辑），中共玉林地委党史办公室编。

书简解读

这首诗写于1941年。1940年冬，中共广西省工委决定调一批党员去延安学习。其中，有一对夫妇的女儿刚5个月，既不便带走，又无人抚养。黄彰与妻子高天梅商量："这是革命后代，一定要养大成人。我们是否负起这个责任？"高天梅同意了。后来他们就把这个女孩抱回贵县的家里抚养，并取名"洁坤"。黄彰对这个小孩儿异常关心，对她抱有很大的希望。这首诗是黄彰与女儿分别时留在照片背后的。当时为免暴露，以"××"代"苏俄"二字。

这首诗，充分体现了黄彰对孩子深沉的爱，以及一名共产党员无所畏惧、追求真理的坚定意志。

高天梅，黄彰的妻子，中共党员，曾任广西壮族自治区政协副主席

红色人生

黄彰，出生于广西贵县西山圩一个富裕的家庭，他的父亲黄河清一生行医，悬壶济世，颇有名望，深受乡里敬重，拥有当时西山最好的土地和宅基地30多亩。

优厚的家庭条件使黄彰比其他农民子弟享受到更多更好的教育。他幼年进私塾读书，1919年以优秀成绩考入县高等小学。父亲非常希望黄彰能继承自己的中医事业。1922年从高等小学毕业后，黄彰离开家乡，先后到宾阳芦圩镇万源昌药房和南宁的兴隆药房当过几年店员，学到了不少中医药知识。

在药店当店员时，黄彰由于勤奋好学，得到一位老中医的赏识。那位老中医送了一套线装医学书给他，劝他从医，希望他将来成为一名中医。但心忧天下的黄彰，认为现在主要是“社会有病”，决心当一名医治“社会病”的特殊医生，毅然走上了革命的道路。

黄彰是一个革命理想高于天的人，无论斗争形势多么残酷，始终坚守自己的信仰。1927年“四一二”反革命政变后，国民党广西当局疯狂逮捕和大肆杀害共产党人和进步人士。在白色恐怖笼罩下，黄彰以“松柏傲寒霜”的大无畏气概，向组织递交了入党申请书。1928年初，经陈培仁介绍，黄彰加入了中国共产党。

即使是在1931年底，广西地方党组织受到严重破坏，领导广西党工作的中共郁江特委委员只剩下陈岸一人，黄彰依然没有气馁。他与陈岸取得联系，两人继续在宾阳、贵县、兴业、北流、横县、陆川等地坚持党的秘密工作，并筹备重建中共郁江特委。在罗村会议上，陈岸当选为中共广西省工委书记，黄彰等6人当选为委员。从此，黄彰主要负责贵县至梧州沿线以及玉林五属各县党的工作。

黄彰是一位智勇双全、讲究斗争策略的革命者，他的革命斗争充满传奇色彩。他时而是头戴斗笠、身披蓑衣的农民，时而是夹着算盘手拿账本来“收租”的财主，时而是阔绰的商行老板，时而是普通的炊事员。多变的掩护身份下，是一颗对人民赤诚的心。

黄彰十分注意党的宣传教育工作，建立了舆论宣传阵地，扩大党的政治影响。1936年他到玉林检查工作时，就布置那里的党组织筹办群生书店。在贵县县城先后开办抗建书社和怀城书店。1937年10月，在黄彰指导下，梧州党组织出版了《战报》旬刊，宣传党的《抗日救国十大纲领》。这份刊物曾销到广州、独山等地，每期发行千余份，影响颇大。

1942年7月，由于郭潜叛变，桂系军阀破坏了中共广西省工委机关，一批党员遭敌人逮捕、杀害。面对严峻的形势，当时任省工委代理副书记的黄彰毫不畏惧，与省工委书记钱兴一起，采取果断措施，领导各地党组织紧急撤退，把党的工作重心转移到农村。他以难民的身份，转移到来宾大湾乡一带，以烧瓦窑做掩护，与一起到大湾的党员甘化民、杨林组成中共大湾小组，由他兼任组长，继续开展党的工作。他们在大湾街开办天马运输行，一方面作为省工委的交通站，另一方面为省工委筹集活动经费。为了革命，黄彰顾大家弃小家，多次毁家纾难，资助革命。

1944年8月，根据中共南方局关于在敌后开展抗日武装斗争的指示，省工委书记钱兴到大湾乡与黄彰研究部署广西沦陷后开展抗日武装斗争等工作，做出准备开展抗日武装斗争的决定。由于大部分党员从城市转向农村，党的活动经费失去来源。为了坚持斗争，黄彰再次回家筹集活动经费，将家里剩下的一所房子和一块地变卖，资助革命。在大湾的一年多里，黄彰为了多攒一些钱给党组织，长期过着吃杂粮、喝稀粥的艰苦生活。在乡人眼里，他是一个“败家子”，放着好好的日子不过，非要自讨苦吃。而在他心里，所做的这一切都是为了心中坚定的理想信念。他曾在一把自制的羽毛扇上刻着这样的文字：“路是人踏成的。一九四三．八于窑厂。”铿锵有力的字句，表达了一名共产党员的坚强革命意志和乐观主义精神。

黄彰是一个民族大义者，在抗击日军侵略中，表现出一个革命者的民族气节和大无畏精神。1944年，日军为打通大陆交通线，再次大举入侵广西。黄彰执行广西省工委的《八月决定》，在桂东南创建抗日游击根据地。9月，黄彰前往桂东南一带组织发动群众，组织抗日武装，开展敌后游击战争。

1945年2月底至3月上旬，在黄彰、吴家宜等人的领导下，贵县、兴业、博白、陆川4县的抗日武装发动了声势浩大的桂东南抗日武装起义。起义队伍统称“抗日自卫军”，共2000多人。

1945年3月8日，国民党贵县副县长兼民团司令钟鼎率领数百人偷袭起义司令部驻地河村。黄彰沉着指挥起义队伍英勇奋战，终因弹尽粮绝，起义武装人员又缺乏经验而被迫撤退。黄彰在撤退时不幸被捕。

同年4月12日，黄彰被国民党在木梓圩簸箕岭杀害，年仅44岁。黄彰被押赴刑场时，国民党顽固派残忍地用竹片将他的嘴夹住，但是他依然用尽了全身力气高喊“中国共产党万岁！”，当地群众无不被黄彰视死如归的壮举所感动。

桂东南抗日武装起义纪念塔

贺智华

花样年华重于泰山

贺智华（1932—1949）

广西梧州人。1948 年加入中共地下组织领导的奔流社和广西爱国民主青年会，参加解放柳州的地下斗争。1949 年 5 月在忻城大唐战斗中壮烈牺牲。

书简原文

扫码聆听 书简诵读

给三姐贺莉华的诀别信

三姐：

希望你对一切人说是说听见我自己说的，去某村教书，要等得一阵才回家。

今晚看见你虽然对我是有说有笑，但是眼中是贮藏了一眶眼泪。这我当然知道你是如何地同情我、爱我。可是为了正义的行动，你勿须悲伤，我们年终终会再见的（只要我没死）。或许到那时，我会带给你很多宝贵的难以用钱买到的东西。凡是人，都有“生离死别”之日。看是怎样的“离”或“死”。假如像我这样的离开你，甚至于不幸的话，永远永远地离开了你，及这人间，那也是光荣的，有价值的，只要使你得到无限的安慰。只要你想到这点，你一定会破涕为笑了。

出于不得已，要了你那么多的钱，此后内心总在受到无限的责备。请你多多的原谅我吧！我知道在姐妹中，比较同情我、爱我、了解我的还是你。（我）绝对是向非常正确的道路走。绝不是出于有什么笑话的事情。他们不明了我，不相信我，那只好以后把事实给他们看了。三姐，我一定不会使你失望，在那天我一定比现在还年青，还活活泼泼，得意地跳到你面前，你会相信？！

末了，希望你能接受我以前对你的希望，你会不使我失望？！待以后可能通信的话，一定给你报告一切。细谈。

祝福你

永远地年青

握手

妹

超亚

3.1

书简解读

这封信写于1949年广西解放前夕，当时国民党当局不甘心失败，仍做垂死挣扎。针对国内复杂的形势，广西党组织要求各地游击队坚持农村游击战，配合全国解放战争，柳州龙城中学的女学生贺智华就是在这个时期偷偷离开家，参加了中国共产党领导的游击队。在写这封信时，贺智华才17岁，正值花样年华。信中写道："可是为了正义的行动，你勿须悲伤，我们年终终会再见的（只要我没死）。"可以看出，贺智华是知道革命危险性的，已经做好为革命胜利、为民族正义随时奉献自己生命的心理准备。同时，她坚信革命一定会胜利，在给姐姐的信中安慰姐姐，她所做的一切都是为了革命正义，是光荣的，是值得自豪的。

信中写道："凡是人，都有'生离死别'之日。看是怎样的'离'或'死'。假如像我这样的离开你，甚至于不幸的话，永远永远地离开了你，及这人间，那也是光荣的，有价值的……"坚定的革命信仰，使贺智华小小年纪就看淡生离死别。在炮火纷飞的战争年代，每时每刻都有革命者为国、为党、为人民捐躯。贺智华虽然年纪小，但受到战友的革命精神熏陶，她对生命的价值有了重新的认识，所以在信中写道："永永远远地离开了你，及这人间，那也是光荣的，有价值的……"她树立了坚定的革命理想和对党无限忠诚的革命信仰，成为一名坚定的革命者。她在信中写道，自己"绝对是向非常正确的道路走"，也坚信，选择正义的革命道路，革命一定会胜利。

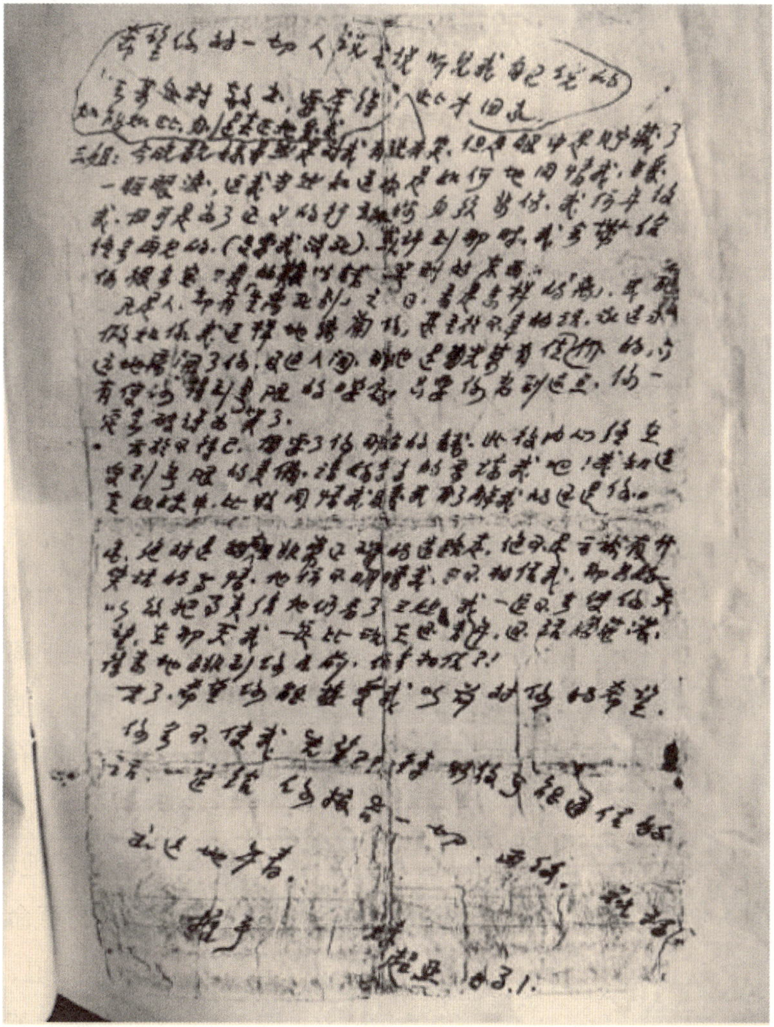

贺智华手迹

红色人生

贺智华出生于广西桂林的一个穷苦家庭，1945 年抗战胜利后，她随父母定居柳州，就读于龙城中学。贺智华聪明好学，性格倔强，爱憎分明，她曾在日记里写道：“我恨死日本帝国主义和这吃人的社会，希望来一场猛烈的暴风雨，彻底荡涤旧世界……”表达了她的理想志向和坚定信念。

龙城中学是中国共产党地方秘密组织重要的工作地点，学校的很多老师都是党员，老师们经常介绍一些进步书籍给学生阅读。在老师和同学们的影响下，贺智华决心成为追求进步，追求光明的革命青年，她秘密参加了革命文学团体奔流社和广西爱国民主青年会，并向党组织申请到农村参加武装斗争。

1949 年 3 月的一个夜里，贺智华对三姐说要去“山那边”寻找共产党。“山那边”是当地人对中国共产党领导的根据地的称呼。她还激动地哼起解放区的山歌：“山那边好地方，穷人富人都一样；你要吃饭来做工，没有人替你当牛羊。”

贺智华悄悄离家出走后，三姐贺莉华在妹妹房间秘密存放资料的墙洞

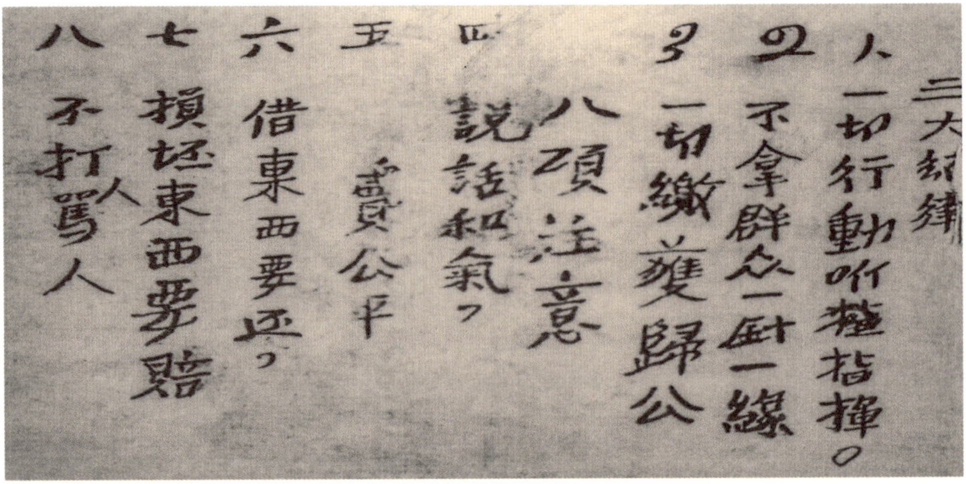
三大紀律
一切行動听指揮。
2 不拿群众一针一線
3 一切繳获歸公
八項注意
四 說話和氣
五 買賣公平
六 借東西要還
七 損壞東西要賠
八 不打罵人

都宜忻游击队战士手抄的“三大纪律八项注意”

里发现了一封信，这封信是两人谈话那晚妹妹写给她的，从信里可以看出，妹妹知道参加革命是危险的，也做好了随时牺牲的心理准备。贺智华离家出走后，找到了中国共产党领导的都宜忻游击队，成为负责妇女工作的文工队队员。她宣传革命道理，教村民识字普及文化知识，很快和村民建立了感情，赢得了信任。

半个多月后，家里突然收到贺智华的来信，信里说她身体和学习都很好，不用挂念。信写在一张巴掌大小的纸上，前后都写满了字，看起来写得很匆忙。柳州解放后，家人再没有收到贺智华的信，也没有等到她归来。

1949 年 5 月，桂西北人民解放军第五团遵照上级的指示，决定攻打驻守忻城的国民党军队。激战中，贺智华与战友被敌人的火力逼到一座小山中，她隐藏在大石头后，用手枪与敌人作战，最终中弹，壮烈牺牲，年仅 17 岁。

她将年轻的生命奉献给自己勇敢追求的理想，她的革命精神像映山红一样，永远盛开在大山深处。

中共都宜忻地工委机关旧址

李云蒿

不成功　即成仁

李云蒿（1916—1945）

广西玉林人。1932 年秋，进入玉林县立中学读书。1938 年 6 月，加入中国共产党。1940 年任贵县三青分团宣传股长、支部书记，邕宁三青团书记。1943 年，转战灵山、玉林、合浦等地，继续从事抗战和地下工作。1944 年秋，负责组织兴业县武装工作，深入乡村，宣传发动群众，筹集枪支粮食。1945 年 2 月，任兴业县人民抗日自卫军司令员。同年 3 月，组织 2000 多名民众和 500 多名武装人员举行武装起义。后因敌众我寡，武装起义失败，壮烈牺牲。

书简原文

扫码聆听 书简诵读

给堂弟李云苔的绝笔信

苔弟：

“不成功，即成仁”，这是古代圣贤对后辈的珍教。我这次起义纯是为了正义伸张，人民解放，不是拦路抢劫的匪帮。现在我的死期不远，但是我的革命精神是弥漫着宇宙的。我死后还有千千万万民众正在前赴后继地前进着啊！我的母亲是个身体不够健康的人，她闻我受难的消息，无疑地会无限悲伤。你要好好地安慰她，请她把目光扩挺一点，还请你对诸弟妹时时教导。我不多写了，最后祝你身体健康。

兄 云蒿绝笔

3月18日

书简解读

1945 年 3 月，李云蒿领导民众发动了兴业武装起义，经过半个多月的浴血奋战，终因敌众我寡被捕。在敌人的法庭上，他大义凛然，怒斥国民党顽固派破坏抗日救国、屠杀人民的罪行。在临刑前一天，他给堂弟李云苔写下了这封绝笔信。

李云蒿在信中高扬革命理想情怀，以“不成功，即成仁”开头，强调起义的正义性，他指出：“我这次起义纯是为了正义伸张，人民解放，不是拦路抢劫的匪帮。现在我的死期不远，但是我的革命精神是弥漫着宇宙的。我死后还有千千万万民众正在前赴后继地前进着啊！”书中的革命感情是炙热的，对家庭的爱也充盈在字里行间。他在临刑前，仍然不忘体弱多病的母亲，为给她带来“无限悲伤”感到愧疚，希望堂弟多照顾家人。

红色人生

李云蒿，出生于广西玉林县古定镇晏李村一个农民家庭。父亲李宇文是个民间医生，常为贫苦群众治病，赠医赠药。他教育李云蒿要努力上进，将来好卫国安邦。父亲的教诲使李云蒿从小就树立了进步思想，对劳动人民有深厚的感情。

李云蒿在读小学高级班时，对老师很敬重，曾任中共玉林县临委书记的杨第鹍教他的语文课。杨老师特别喜欢李云蒿，时常给他讲民族英雄的故事和革命先烈的事迹，对他进行启蒙教育，使他懂得不少革命道理。他立誓长大后，要做个顶天立地、救国救民的人。

1935 年秋，李云蒿以优异成绩升入南宁高中读书。在学校他结识了一批共产党人和进步学生，阅读了《共产党宣言》《大众哲学》等著作，逐渐认识到只有共产党才能救中国，对国家和民族的前途有明确的认识，从而更加向往革命。

1937 年“七七事变”爆发后，在中国共产党的推动下，国共两党实现了第二次合作，形成了抗日民族统一战线。李云蒿一面读书，一面参加抗日救亡活动。在学校党组织的领导下，他积极串联发动学生组织宣传队，并亲任队长，在暑假、寒假期间，深入农村宣传发动群众，推动农村的抗日救亡工作的开展。在学校里，他经常在校刊《长城》上发表文章，宣传党的抗日民族统一战线政策，运用马列主义的立场、观点分析问题，批判各种错误论调，团结和争取了不少同学走上革命道路。1938 年，在南宁高中党组织的培养下，经阮集群、罗崇尼介绍，李云蒿光荣地加入了中国共产党。

1938 年 10 月，广州、武汉相继沦陷，李云蒿遵照党组织的安排，参加学生军，编入第三团，负责第三团党组织的工作，主编《火车头》旬刊，宣传党的政策，组织宣传队唱响抗战歌曲，激发群众抗战热情。1940 年，他担任贵县三青团中共特别支部书记。年底，南宁光复，李云蒿调任邕宁三青团书记并任该团中共支部书记。他创办青年学社，组织学生并联合各社会团体开展抗日宣传、义演义卖支援前线。

1942 年，桂林“七九事件”发生，南宁中共地下组织指示李云蒿撤离南宁。他连夜化装出走避敌锋芒，到灵山中学任教。1943 年 1 月，他回到家乡玉林。由于敌人在玉林大肆逮捕共产党人，他返回玉林福绵舅父何兴民处躲藏一段时间，后到合浦县横岗学校教书，在当地农村开展革命工作。

1944 年春，党组织调李云蒿到群众基础比较好的葵阳榜山村工作。同年秋，中共兴业县委成立，他当选为县委委员，负责兴业县武装组织工作。此后，他经常深入农村，了解情况，宣传革命道理，召开骨干会议，布置工作任务，发动群众组织同心会、兄弟会等组织和自卫队，以抗日保家乡为由，筹集弹药，并派人打入粮仓掌握粮食。在组织武装队伍的同时，他还利用各种关系，争取民主进步人士参加和支持抗日武装斗争。1945 年 2 月，兴业县人民抗日自卫军成立，他被任命为司令员，改名李新毅。

1945 年 3 月，在桂东南抗日游击区主任黄彰、副主任吴家宜的领导下，李云蒿等人发动了兴业武装起义，他们率领起义军攻打县城，转战六垠，英勇奋战，后因敌强我弱，队伍在双凤、罗田一带遭受敌人夹击。在弹尽粮绝的情况下，李云蒿等 91 人先后被俘，遭到酷刑审讯。1949 年 3 月 17 日，李云蒿壮烈牺牲，年仅 29 岁。

谭留科

愿以我所有的力量
共挽时局的危难

谭留科（1916—1945）

广西贵县人。1936年加入中国共产党，曾任支部书记、县委委员、县委书记，贵县抗日游击队大队指导员。1942年到六万山区从事革命活动，兼管兴业县党的工作。1945年3月，桂东南武装起义，任贵县县委书记兼抗日游击自卫军司令员，领导大江乡起义，在大江、思怀、龙塘等地建立了抗日民主政府，后率队转入兴业与起义部队联合，在六万山区战斗。3月中旬，于玉林罗田战斗中因掩护战友牺牲，年仅29岁。

书简原文

扫码聆听　书简诵读

一名共产党员给贵县黄县长、李区长的信①

黄县长、李区长台鉴：

抗战的枪声已经响了七年多，中华民族的解放就在这艰苦的斗争中，完全奠定了胜利的基础，这是毫无疑问的。然而我们应该指出，在抗战的过程中，由于国民党中的少数顽固分子倒退政策，反对民主，什么一党专政论，严防异党活动办法……到处逮捕青年。其特务人员，法外行凶，怂恿汉奸、托匪的活动。而顽固分子帮助日寇的有利工作，已经完全尽力而为了。其结果如何呢？呜呼！日寇今年夏季之新进攻矣！中国人民费了无数血肉头颅换得来之相持阶段，就在这次敌寇进攻中，完全崩溃了，中国的人民增加了无数的灾难，日寇的寿命可能延长一点，这些责任完全是顽固分子给予中国人民的。

世界反法西斯战争已到了决定阶段，希特勒的寿命，

① 原抄件存于贵港市委党史研究室。

在英美的战略总反攻中，为期确是不久了（可能在年底或明年春天击溃），希特勒附庸下的欧洲各国就在英、美、苏的反攻中，获得了自由解放。而太平洋上的战争，美军已展开了战略上反攻的前奏，日寇的崩溃，是毫无疑问地接着希特勒的后尾了。

日寇早已看出了这一点，便在远东最弱的一环——中国进攻，企图打通运输补给线，改善其战略地位，中国顽固者，就顺利地帮助敌人这些进攻的成就。而我广西，亦在此次敌人进攻中支离破碎了，省政府不能与各县联络，广西实则只存形式而已，广西过去的“模范省”真是无影无踪的消失了。广西为什么弄得如此地步呢？这就是由于广西顽固者1942年的“七九事件”的绝命结果。

我们共产党人，一贯主张坚持抗战，坚持团结，坚持进步，实行统一战线的政策。而且目前敌寇的新进攻，我们还是万分地希望政府奉行孙中山先生的新三民主义，三大政策（联俄、联共、扶助农工），给予人民言论、集会、结社之自由，适当改善人民生活，以动员民众，武装民众，广泛地展开游击战争，争取最后胜利早日到临。这些都是目前民众的迫切要求，也是挽救危亡的唯一方法。

中国是一定要民主的，无论从整个国际环境观察，法、捷、南等国都有共产党参加了。又从国内力量来看，中国除了共产党力量，难道国民党能单独抗战吗？1925—1927年的北伐大胜利，不是国共两党同志艰苦奋斗、英勇牺牲换得来吗？十年内战不是丧权辱国的可耻行为吗？七年多抗战，没有共产党难道能支持到今天吗？这些都是证据，这些都证明了我们必须合作，必须团结的铁的史实。

今天贵县，敌人占领了县城，汉奸土匪到处活动，组织伪政权。又挑起我政府与人民的鸿沟，实在令人可怕，一般民众对政府之仇恨，实有一触即发的危险。如果政府态度不迅速转变，则其发展前途，实不堪想象矣！我是贵县人，是贵县共产党员之一，际此国难危急，家乡危急的时候，愿以我所有的力量，帮助政府，拥护政府坚决抗战、坚持团结，坚持进步的原则，共挽时局的危难，我相信贵县一定能展开扩大游击战争（尤其是贵南），这是贵县人民的迫切要求，也只有这样的发展游击战争，才能保障贵县人民身家财产。因此，在你们的监牢里的陈，确是共产党员（他已直认不讳），他是准备到前线作战的，不料到了大平村被难，其主谋者为（国民党）县党部干事罗航流。在此国难严重，千钧一发之时，县党部干事，还主张互相残杀，镇压抗日力量，岂不是亲者疼、仇者快乎？似此何以保国？何以保家？岂不是帮助敌人在贵县组织伪政权乎？为了救国，为了挽救时局的危难，我坚决反对这种倒退的行为，我一定要动员全力彻底粉碎这种顽固者的政策，我们一定在这危急的局面下，创立新民主主义共和国（各党各派合法友好），来彻底击溃日寇及其伪政权，争取中华民族的解放。因此今天特函你们，希望你们立即把陈释放，以增抗战力量，作为今后我们合作的先声，也作为今后我们有机会帮助政府、拥护政府。□□□[①]，似此（不但）是吾党之幸，还是贵县之幸，县、区长之幸矣。

贵县共产党员之一谭留科上

1944 年 11 月 28 日

① 编者注：原抄件此三字不清。

书简解读

1944年11月初，贵县县城沦陷，谭留科和县委其他成员发动党员群众进行紧张的抗日武装起义的准备工作，在郁江南岸及西区乡村组织了200多人的抗日武装队伍，并同破坏抗日的国民党顽固派做坚决的斗争。11月下旬，木格乡发生国民党顽固派无理逮捕抗日干部和群众的事件。谭留科不顾个人安危，在县参议员谭炯章陪同下，亲自前往交涉，晓以国共合作抗日大义，要求顽固派以大局为重，释放被捕抗日人员。但他们不顾国家民族利益，顽固反共反人民，拒不放人。谭留科不得不于同月28日，以“贵县共产党员之一”的名义，给贵县县长、区长写信，指出他们破坏团结抗日的行为，呼吁合作抗日保卫家乡，要求他们立即释放被扣人员。信中严正声明：“为了救国，为了挽救时局的危难，我坚决反对这种倒退的行为，我一定要动员全力彻底粉碎这种顽固者的政策，我们一定在这危急的局面下，创立新民主主义共和国（各党各派合法友好），来彻底击溃日寇及其伪政权，争取中华民族的解放。”但贵县国民党当局不顾舆论反对，仍然拒绝谭留科提出的合理要求，并强化其镇压人民的措施，把木格乡抗日自卫队员谭伦常等几名革命群众逮捕杀害。在此情况下，谭留科与县委其他成员，加紧进行抗日武装起义的准备工作。

红色人生

谭留科，原名谭科月，出生于广西贵县木格乡社塘村一个贫农家庭。他 17 岁高小毕业后，就在社塘小学任教。1936 年，中共郁江特委委员黄彰在社塘村建立木格乡第一个党支部，谭留科当年被吸收加入中国共产党，后继任该支部书记。

谭留科入党后，利用教师身份，开展党的工作，除了组织团结好社塘村几名教师外，还发动木格乡 12 个行政村的小学教师 40 多人在各村办起宣传抗日救亡保卫家乡的黑板报，提高了全乡人民保家卫国的热情。

1938 年冬，谭留科到南宁参加第三届广西学生军。次年因形势需要，党组织把他调回贵县工作，让他在北厢镇中心小学任教。1939 年春，在日军迫近广西的情况下，广西国民党当局饬令各县建立战时工作团，开展救亡工作。贵县政府当时抽调 30 多名城区小学教师组成战工团。谭留科根据党的指示，积极参加战工团的工作，被委派为抗日游击队政治指导员。次年战工团解散，谭留科回到木格，继续开展发展党组织和党员教育方面的工作。1941 年 10 月，中共贵县委员会成立，谭留科任县委委员。

1942 年春，中共贵县委员会改为中共贵县特支，谭留科任特支书记。1942 年，国民党广西当局在桂林制造“七九事件”后，谭留科根据省工委的指示，及时部署贵县城区党员撤退，同时还布置党员张汉良通过社会关系到县三青团任职，以便保持必要的联络和获取情报。

1943 年初，国民党广西当局又在桂东南制造“一·一三”事件，大批共产党员被捕。由于谭留科及时撤退，党员的工作做得比较好，贵县除有个别党员被捕（后获保释，没有暴露身份）外，党组织没有暴露。之后，谭留科为了安全起见，把一部分党员安排到中共广西省工委代理副书记黄彰在来宾大湾办的瓦窑工作，他自己则到合浦、兴业交界的农村，改名谭恩，以教师身份为掩护，兼任中共兴业县特支书记。他认真执行上级提出的国统区工作应“勤业、勤学、勤交友”的三项任务，密切联系群众，为后来建立六万山抗日游击根据地奠定基础。

1945年2月底，桂东南抗日武装起义爆发。贵县人民武装在省工委代理副书记黄彰的直接领导下，举行武装起义，连续攻克大江、思怀、龙塘等地，建立了县、乡的抗日民主政府。谭留科任贵县抗日自卫军司令员。他率领一部分队伍攻下龙塘公所后，正着手组织第四支队，配合驻河村的起义部队包围国民党县政府驻地木梓圩时，遭到国民党保安队和地主反动武装的袭击。谭留科临危不惧，率队迎战，因敌众我寡，不得不率队向兴业转移，准备与兴业县抗日自卫军会合，但到玉林罗田时又陷入敌人的包围，在战斗中不幸牺牲，年仅29岁。

桂东南抗日武装起义司令部旧址

赖志廉

我对革命前途有乐观主义精神

赖志廉（1909—1945）

广西贵县人，号剑生。在贵县中学读书时创办《三牛》壁报，讽刺蒋介石对日本的绥靖政策，揭露学校当局的劣迹。毕业后到外地读书，1937年加入中国共产党。抗日战争时期，先后在贵县、桂平从事教学、报社编辑工作。1944年回乡，当选为乡民代表会主席。同年秋，任中共贵县委员会委员。1945年春参加桂东南抗日武装起义，任贵县抗日自卫军参谋长兼第二支队队长。因起义失败被捕，1945年3月21日在木梓光荣就义。

扫码聆听 书简诵读

书简原文

给妻子伍英嫒的信

嫒妹：

我被捕入狱经已旬余，我身虽在囹圄，但我觉得很愉快，我对革命前途有乐观主义精神。望你在家对家姑要尊敬，对妯娌要和睦。尤其对初生幼女要更小心抚养成人，将来有望。此问合家安好！

赖志廉写于狱中

即日

书简解读

这是赖志廉在狱中写给妻子的信，从内容可以感受到一名共产党员崇高的革命信念和气节，以及其对家人的柔情和关怀。

1945 年 3 月 3 日，桂东南抗日武装起义爆发，赖志廉担任贵县抗日自卫军参谋长兼第二支队队长，带队到贵县抗日自卫军司令部和贵县抗日民主政府驻地思怀乡河村与第三支队会师整训。7 日，起义部队受到反动军警及地主武装的袭击。赖志廉率队奋力抗击，终因寡不敌众，起义失败，赖志廉等人不幸被捕入狱。在狱中，赖志廉正气凛然，怒斥国民党反动派屠杀革命者的卑劣行径。他安慰狱中战友，坚定信念，同战友们一道开展狱中斗争。而这封写给妻子的信，同样表现了他柔情与气节相伴，至情至性而伟岸高大。

红色人生

赖志廉出生于广西贵县一个普通农民家庭。他自小聪明好学，追求进步，立志长大要干一番事业，常常遇事不乱，养成了不屈不挠的刚毅性格。1937年夏在柳州加入中国共产党。抗战期间，曾在南宁、桂平、贵县等地从事教学和报社编辑工作。1944年当选为大江乡乡民代表会主席，同年10月，任中共贵县委员会委员。1945年8月，任贵县抗日自卫军参谋长兼第二支队队长。他在抗日战争时期领导和组织贵县人民开展抗日斗争，是一位出色的领导者。

20世纪30年代初，赖志廉以优异的成绩考上了贵县中学。他勤奋自励，兴趣广泛，文思敏捷，热情接受新思想、新文化，并阅读了大量进步书刊，靠近进步人士，成为学校的活跃分子。他与谭镇邦等同学创办了《三牛》壁报，大力宣传进步思想。他在《番薯》一文中是这样说的："你说做人同做番薯一样好不好？因它们的益处能普及一般平民，却不肯在贵族跟前献媚。倘贵族要占到它们的益处，那么，他们一定要变同平民一样——自己做工求饭吃——才能够接受得……所以我说，做人做同番薯一样。"番薯，平凡中寓伟大。正是这样，他树立了正确的革命人生观。他从贵县中学毕业之后便到外地升学。1937年夏，赖志廉加入中国共产党，开始了生命的转折。

在抗日战争时期，国民党到处拉兵拉夫，弄得鸡犬不宁，民不聊生。1942年清明节，有三个乞丐互相搀扶着进村讨饭，当他们路过赖志廉的家门时，赖志廉看见了，他心里非常不忍，一颗同情的心驱使着他，于是叫他们入屋吃饭。可是这三个乞丐谁也不肯入屋，大概是介意自己的身份吧。赖志廉见他们不肯入屋，便说了声"请你们等一等"，立即走到厨房里捧出一大盆乌米饭和一些猪肉、豆腐之类的食物，分给他们。除此之外，又分给他们每人十多斤红薯。这三个乞丐十分感动，连忙拱手答谢。其中一名乞丐会唱诗，就唱了两句聊表谢意："赖家子弟好心情，关心三名乞儿精；米饭红薯都分给，感谢恩公万事成。"

抗战爆发后，赖志廉曾在南宁、桂平等地活动，从事教学和报社编辑工作。1942年9月初，他回到老家香江中心小学任教。1943年春，梁绍金（中共党员）以县督学身份，来到大江乡秘密和进步教师商量，提议召开乡民代表大会。赖志廉自告奋勇去国民党副乡长谭明鸿处交涉。交涉内容主要是发动群众组织抗日，允许学校教唱抗日歌曲，带领学生宣传游行，选举正副乡长等。经双方协定后，于当年8月2日、3日召开民众大会，赖志廉以乡人民代表身份积极活动。新选出的正副乡长上任后，都表示支持学校行动，扩大乡自卫队组织。从此，学校活跃起来了。《战黄河》《战歌》《走到游击队里去》等抗日革命歌响遍了香江各个村落。

同年冬，赖志廉、谭迅夫等人在当时回乡青年中发起组织一个秘密读书会，参加的人有赖耀庭、陈耀忠、赖伟等10多人。

由于赖志廉具有革命的领导和组织才能，在群众中有很高的威信，1944年大江人民推选他为大江乡乡民代表会主席。1944年秋，日军疯狂入侵广西，贵县县城沦陷，当时国民党贵县政府逃到木梓山区苟且偷安，任由日军横行霸道，蹂躏百姓。同年10月，中共广西省工委代书记黄彰在贵县木格乡社塘村召开桂东南各县党组织负责人会议，成立桂东南抗日游击区办事处。会后，恢复健全中共贵县委员会，赖志廉任县委委员。之后他和谭镇邦等酝酿发动革命，组织香江抗日自卫队。1945年3月赖志廉参加桂东南抗日武装起义，任贵县抗日自卫军参谋长兼第二支队队长。起义失败，他在横县甜菜村被捕。3月21日，赖志廉被国民党反动派杀害于贵县木梓村，时年36岁。他为党为人民献身的精神永留人间。

赵志光

为革命流尽最后一滴血

赵志光（1920—1945）

广西阳朔人。原名赵桂器。1938 年春，小学毕业后考入桂林国立汉民中学。1938 年 10 月，参加了广西学生军。1939 年冬奔赴桂南抗日前线，参加了著名的昆仑关战役。1945 年 2 月，桂东北人民抗日纵队临阳联队成立，任副联队长兼第二大队队长。7 月 22 日，在与敌作战中不幸牺牲，时年 25 岁。牺牲后被临阳联队追认为中国共产党党员。

书简原文

致罗文修、赵陶器的信[①]

文修、陶器兄：

来信已知，所示回指挥部工作及转请桂器拜见指座[②]一事，弟等听之毛骨肃（悚）然。此项和平事件之不幸，非我等之罪，而指座居然加罪于我等，实感痛心之极，回叙于各父兄，皆为之切齿痛恨。我等辜负阳朔父老之殷望，除内心之惭愧外，只有更努（力）再造将来。

最近据指座派往兴坪侦察敌情及我等情况之人说，指座委托吾兄指挥特务队、陶器兄之大队及其他部队共同围剿弟等，并言如不能拘押本人即当抄家灭种。痛哉！我等何罪？

于痛心之至，谨向兄俩所诉心意：首者，弟等十分感激兄之坚决与忠实弟等之友情，向指座解释，并谏其进剿行动，谨向兄致以最高之敬谢！

① 摘自《烽火临阳》，漓江出版社，1995 年版。
② 指座，即国民党桂林区民团指挥部少将指挥官黄绍立。

次者，兄言指座此次宽恕，并甚望兄等劝弟回部工作，其意虽妙，而实痛心之至。我等武装解除为何？完全为了罗某[①]之私意及图谋，而指座实与罗狼狈为奸，想籍（借）你之力将我等置于其下任其任（为）所欲为。为此，许你定挂于高官为其走狗。有何用哉？

这次受其侮辱而又受其奸宠，实则武装已交罗某。现又将兄等当先锋回朔杀戮异己，与八步事件何异？我相信兄等未必如此死心，未必忍心干（甘）为凶手。

上述各点，非弟等侮辱上官，而今弟已退于人民之身份，不认其为上官。只要罗某所到之处，不是抢劫烧杀，掀风起浪，则兼并横行，反以政府公开地位，胡作乱为，违反人民意旨，实属土匪强盗，不过假借高官地位而矣！兄等为何干（甘）为其利用，仍认其为上官，在敌后之地区，不抗敌而反人民反进步之匪徒，累见不鲜。今日罗等狗急跳墙，窜扰八步失败，今复图窜回永福、金宝，起家发财，

① 罗某，即黄绍立部第一联队上校联队长罗志强。

其前途必定毁灭。而兄等尚未觉悟此矣，必同皆败亡。试问他们受谁欢迎？因他们横行而影响伯兄等之名誉。望兄等切实省悟！

再次，大言数路进剿弟等，此实笑话。弟等几十条烂枪，谨以至诚，于兄等离此以后，捍卫家邦，维持地方抗日事业，今蒙本地各父老爱戴，得立足于此，有何罪值得围剿？又有何力量挡指座之大军？如真要围剿，又何需特务队、赵大队、琴联队、恭平联队，还有什么胡联队、金大队……等同时进发，路过之处，岂不笑大人家嘴巴？指座堂堂大官，大事无成反与我小民作对，恐有损其威然（严）吧！如果其劳驾亲征，即只有听天由命，让指座去找山头算账吧！

更次，敌人大军驻此，指座以数千大军，以上等之武装配备，不打敌人，而反以枪口向内，不知有何感想，而我等之子弟兵早闻兄等前来，皆索然而返家乡，皆言，自己拼死狗钱不值一个，出来干有何用？最后，谨向兄敬（致）意如下：

一、希望将此意告指座，劝其宽大勿求之于小事大作。则我等幸甚，阳朔人民幸甚，国家民族幸甚！

二、望兄请指座将兄等之实力编回，回阳朔打敌人。各界父老则馨香祈贺！

三、如指座未准，则请告兄部下离开罗部卵翼，重回到故乡来。

四、最后如尚无可能，则请兄等只身而回，弟等洗榻而待，兴坪人士悦矣！否则不可思意（议）矣！兄等知否？当你等弟兄将枪交于罗某时，双泪长流，而事过后，各大队长、中队长将于龙尾瑶尽探兄之回音，而兄不转不回，反个人仍效忠于反人民、反进步、反民主之旧军阀，仅得个人一空空高官地位，并皆同往他地，此事不知兄有否面孔见他们及阳朔父老们、青年们！

两兄！让我们向你（们）共表同情之意，并让我等重新携手同行，为民族国家奋斗！

谨至（致）敬礼 祝

前途光明！

弟赵元光（印）

赵志光（印）同书

赵家富

四月□日

书 简 解 读

1944 年，中共广西省工委领导下的桂东北人民抗日纵队临阳联队，在漓江两岸数百里疆场开展轰轰烈烈的抗日游击战争，有力地打击了侵略者的嚣张气焰。

这是桂东北人民抗日纵队临阳联队副联队长兼第二大队队长赵志光写给阳朔自卫大队队长罗文修、阳朔兴坪区区长赵陶器的信。罗文修曾在广西学生军中任中队长，受过中国共产党的影响，有一定的抗日积极性。赵志光致罗文修、赵陶器的信，主要目的在于联合抗日，提出不要“大言数路进剿弟等，此实笑话”，而要“捍卫家邦，维持地方抗日事业”。

红色人生

赵志光生于一个富裕之家。父亲赵元煌饱读经书，是当地颇具影响的开明绅士。赵志光7岁上私塾，1933年到阳朔县城模范小学读书。当时他识字还不多，但已开始半蒙半猜地看《西游记》《水浒》《岳飞传》《洪秀全演义》等书，同时不厌其烦地听长辈们讲宋江聚义反宋的故事。在他当时幼小的心灵中，为民除暴的好汉们是最了不起的人。

1938年春，赵志光考入桂林国立汉民中学。1938年10月，日军南侵，广州、武汉相继沦陷，广西岌岌可危。忧国忧民的赵志光毅然在桂林参加了广西学生军，到各地开展抗日救亡运动。1939年，他冬奔赴桂南抗日前线，参加了著名的昆仑关战役。在学生军工作期间，他接触了黄嘉、肖雷、刘大春等共产党员，受到他们的启发和影响，读了一些马列主义书籍，懂得了许多革命道理。1940年底，赵志光转到广西省立桂林师范学校就读。这个学校是当时广西有名的一所进步学校，有一批共产党员和进步人士在该校任教，培养了一批革命骨干。赵志光在这里比较系统地读了马列主义著作，加上受到进步教师和共产党员的启发，政治觉悟有了很大提高。

1943年秋，赵志光以优异成绩考入从北平迁到湖南的国民大学政治经济系。1944年5月，日军侵占长沙，并继续南犯，赵志光回到阳朔，在阳朔国民中学当教师，经常给学生讲革命故事，宣传反帝爱国思想，鼓励学生立志抗日救国。

1944年8月，在日军即将入侵广西之际，中共广西省工委做出了“一切为了建立抗日武装”“一切为了发展游击战争”的“八月决定”，省工委决定利用赵志光的社会关系，在阳朔兴坪争取以公开合法的形式开展抗日斗争。赵志光衷心拥护省工委的决定，他和曾金全、陈克礼等以本地进步青年学生为主，吸收了部分从桂林疏散来的进步青年和进步工人，于8

月底成立了由18人组成的兴坪青年抗日宣传队，赵志光被推举为队长。宣传队以兴坪为活动基地。

11月1日，日军入侵阳朔县城。正当宣传队寻机打击侵略者的时候，国民党桂林区民团指挥部指挥官黄绍立来到阳朔指使他的支队司令罗志强下达改编宣传队的命令，妄图分解这支抗日队伍。赵志光用缓兵之计先稳住罗志强，返回兴坪后，立即通知宣传队转移隐蔽，转入地下活动。

1945年1月，中共广西省工委特派员黄友平（黄嘉）、副特派员肖雷带领10多名党员从桂东地区来到阳朔，加强对阳朔人民抗日武装的领导，筹建桂东北抗日游击纵队临阳联队。2月20日临阳联队正式成立，赵志光为副联队长兼第二大队队长。此后，赵志光和联队其他领导人一起，率领联队300多人，转战于漓江河畔，抗击日本侵略者。他英勇善战，冲锋在前。5月中旬，他指挥夜袭牛尿塘码头日本运输船队的战斗，神速而漂亮，击沉敌船2艘，歼灭日军10余人。这一胜利鼓舞了临阳联队全体

曾刷在村民宅墙上的临阳联队标语

指战员和临阳地区人民。7 月 22 日，临阳联队组织攻打盘踞在江村的国民党军队，战斗中，赵志光不幸受重伤。当他苏醒过来时，忍着剧烈的伤痛对联队领导说："快走，快走，不要让我拖大伙儿的后腿。"由于伤势过重，流血过多，赵志光英勇牺牲，时年 25 岁。

为表彰赵志光，激励全体指战员革命到底，临阳联队举行了追悼会。会上，联队政委黄友平庄严地宣布党组织的决定：根据赵志光烈士生前的表现和愿望，追认他为中国共产党党员。

兴坪太太庙。1945 年 2 月 20 日，临阳联队在这里成立

陈　岸

二十离家恨虎狼
四十返家志未忘

陈 岸（1910—2008）

广西贵县人，原名杨善安。1928 年 7 月参加革命工作，11 月加入中国共产党。历任中共贵县委员会书记、广西特委委员、郁江特委书记等职。中华人民共和国成立后，任中共广西省委组织部副部长、省民政厅副厅长，自治区民委副主任、自治区民政局局长、自治区人民政府顾问、自治区人大常委会副主任等职。

书简原文

致王贵轩缅怀程序同志信

贵轩同志：

前几天李月清同志来，告知程序同志不幸逝世的消息，深为悲痛！谨向你和你们全家致以最深切的慰问！

我与程序同志相识于1940年春，行军一年到延安，又在一起学习，相隔几十年后又欢乐地重逢，这份深厚的友谊是多么珍贵。想不到他却先走了！

程序同志的一生，为党和人民的事业做出了重大的贡献，怀念程序同志，应继承他的遗志，努力学习和工作，为实现社会主义现代化的事业做出应有的贡献并望节哀，

顺祝！

陈　岸

陈贞娴

1998年11月12日于南宁

书简解读

王贵轩为程序的爱人。这是陈岸夫妇写给王贵轩表示慰问的信。

程序（1919—1998），原名陈振芳，福建省福清市海口镇人。1930 年 9 月就读于福清融美中学，1931 年参加龙高暴动，开始了革命生涯。1934 年参加共产主义青年团，同年转为中共正式党员，担任共青团福清中心县委书记、中共福清中心县委委员。在革命前辈黄孝敏等领导下，程序参加组建中国工农红军游击队福清大队，创建罗汉里根据地，坚持艰苦卓绝的 3 年游击战争。1939 年，程序当选为中共七大代表，而陈岸是广西唯一的中共七大代表。

陈岸从广西出发后先是到新四军军部。为了顺利到达延安，东南局把来自各地在新四军军部集中、即将参加中共七大的代表编成一个党支部，分成几个小组。为了保密需要，对外称为“服务团”，全团 44 人，加一个炊事班、通讯员、挑夫等，共 70 人。“团长”是原红十一军军长古大存，兼任党支部书记。陈岸被分在“闽粤边”小组，组长是伍洪祥。程序与陈岸在奔赴延安的途中建立了深厚的革命友谊。陈岸于 1940 年 1 月 20 日向北出发，辗转于皖苏边，之后从鲁南转到鲁西，又上太行山，再从吕梁山西渡黄河抵达延安。1940 年 12 月 16 日，经过一年时间的艰苦行程，陈岸胜利到达延安，在延安参加学习、整风和大生产运动。陈岸在给王贵轩的书信中说，“我与程序同志相识于 1940 年春，行军一年到延安”，指的就是这段经历。此信一是回忆了革命战友情谊，二是表达了对程序同志离去的悲伤和对其家人的慰问。

红色人生

陈岸，1910 年 1 月生于贵县桥圩镇，他的二哥杨德云、三哥杨瞻都是共产党员。受他们的影响，陈岸很早就接触了共产主义理想。1928 年，18 岁的陈岸参加了共产主义青年团，由于表现积极，在同学中也有一定的威信，同年底，转为中国共产党党员。

1930 年 11 月 7 日，陈岸和二哥杨德云在上级党组织的指示下，在贵县桥圩镇组织了一场 300 多人的示威游行，人们走上街头喊革命口号，发传单，结果遭到反动军警的血腥镇压，革命者被大肆捕杀，二哥杨德云牺牲。

1932 年春，广西白区中共党组织最高领导机关——中共广西郁江特委遭到敌人严重破坏，郁江特委委员 7 个人，有的牺牲，有的脱离组织，

中共郁江特委筹备会议旧址——兴业县木根圩。1935 年 11 月 7 日，中共郁江特委重建会议在此召开。会上推选陈岸为书记

有的叛变，只剩下陈岸一个人，而他也与上级党组织完全失去了联系。

“在这一段艰难的岁月里，我和其他一些幸存的党员同志，就像漂泊在茫茫大海中的孤艇一样，竭力地在与狂风恶浪进行搏斗。”这是陈岸在他的回忆录《我的革命生涯》里的一段话。

1932 年，在广西白区，中共地下组织面临着最艰难的时刻，年仅 22 岁的陈岸面临一个十分重要的选择。他若放弃自己的信仰，广西中共地下组织将彻底瓦解；可是要坚持，没人没枪没经费，还被反动武装悬赏捉拿，生命安全时刻受到威胁。最终，陈岸没有放弃自己的信仰。他逃脱了敌人的追捕，一方面五次派人到上海等地寻找党组织，另一方面在陆川等地恢复发展党组织。

1936 年，广西省一级党组织终于重获新生，广西党组织也与上级恢复了组织关系，广西党的工作和抗日救亡运动开启了新的局面。

1936 年 11 月 7 日，陈岸主持召开了中共广西省代表大会，年仅 26 岁的陈岸被选为省工委书记，肩负起领导全省党组织的重任。

1939 年 12 月，陈岸被中央指定为广西党组织唯一赴延安的中共七大代表，参加了延安整风运动。康生制造了大批冤假错案，陈岸因此受到数年的关押审查，没能出席党的七大。直到 1982 年 7 月，中共中央给予平反，追认陈岸同志的七大代表资格。

新中国成立前夕，陈岸担任中共广西省委组织部第一副部长，1979 年 12 月任广西壮族自治区人大常委会副主任。2008 年病逝。

后　记

红色书简作为一个红色时代的情感记忆，具有永恒的时代价值和人文情愫。抢救征集红色书简，编辑出版优秀书简，大力弘扬书简文化，不仅具有深远的文化价值，而且具有重要的现实意义。

本书收录了20名革命先辈的书简（包括电报、报告、题字等）及其背后的故事，从一个侧面展现了书简所蕴含的价值观念和人文情感。红色书简充满了一个“情”字。有为了国家民族利益而奋不顾身的爱国情，有身在前线但还惦念着父母妻儿的亲情，有身陷囹圄却看淡生死的豪迈之情。他们为了实现自己的政治理想，不惜付出鲜血乃至生命，践行了入党的誓言。从他们留下的红色书简和感人故事中，我们收获的不仅是震撼、铭记，还有奋进的力量。

本书由中共广西区委党史研究室研究员刘绍卫和广西革命纪念馆肖志龙编著。本书得到中央党史和文献研究院田玄研究员、国防大学刘波教授的学术指导，也得到广西民族出版社的陶安宁、黄丹等编辑的大力支持，编者对此表示衷心感谢。

但由于时间紧和编者写作水平有限，本书的错误和疏漏肯定是难免的，在此诚恳地希望广大读者谅解，也欢迎各位前辈、专家学者以及所有关心此书的朋友给予批评指正。

编者

2021年4月

图书在版编目（CIP）数据

温暖如故：广西红色书简 / 刘绍卫；肖志龙编著 .—南宁：广西民族出版社，2021.6

ISBN 978-7-5363-7416-4

Ⅰ. ①温… Ⅱ. ①刘… ②肖… Ⅲ. ①书信集—中国—现代 Ⅳ. ① I266.5

中国版本图书馆 CIP 数据核字（2020）第 178531 号

WENNUAN RUGU

温暖如故

广西红色书简

刘绍卫　肖志龙　编著

出 版 人：石朝雄
责任编辑：黄　丹　陶安宁
装帧设计：张文昕　林武圣
责任印制：刘文峰　梁海彪
出版发行：广西民族出版社
地址：广西南宁市青秀区桂春路 3 号
电话：0771-5523216　　邮编：530028
电子邮箱：bws@gxmzbook.com　　传真：0771-5523225
印　　刷：广西民族印刷包装集团有限公司
规　　格：787 毫米 ×1092 毫米　1/16
印　　张：14
字　　数：197 千字
版　　次：2021 年 6 月第 1 版
印　　次：2021 年 6 月第 1 次印刷
书　　号：ISBN 978-7-5363-7416-4
定　　价：58.00 元